Agatha Christie wurde 1890 in Torquay, einer Küstenstadt im Südwesten Englands, als Tochter einer wohlhabenden Familie geboren. Mit ihrem zweiten Mann, einem Professor der Archäologie, unternahm sie viele Forschungsreisen in den Orient.
Im Laufe ihres Lebens schrieb die «Queen of Crime» 73 Kriminalromane, die in über 100 Sprachen übersetzt wurden. Agatha Christie gilt als die erfolgreichste Schriftstellerin aller Zeiten. 1965 wurde sie für ihr Werk mit dem «Order of the British Empire» ausgezeichnet. Sie starb 1976 im Alter von 85 Jahren.

Unsere Adresse im Internet: www.fischerschatzinsel.de

Agatha Christie

Das Rätsel
der Tänzerin

Roman

Aus dem Englischen von
Barbara Heller

Fischer Taschenbuch Verlag

Fischer Schatzinsel
Herausgegeben von Eva Kutter

Limitierte Sonderausgabe
Veröffentlicht im Fischer Taschenbuch Verlag,
einem Unternehmen der S. Fischer Verlag GmbH,
Frankfurt am Main, April 2004

Die Originalausgabe erschien unter dem Titel
«The Body in the Library» bei HarperCollins, London
© 1942 by Agatha Christie Mallowan
Für die deutsche Ausgabe:
© Scherz Verlag, Frankfurt am Main 2000
Gesamtherstellung: Ebner & Spiegel, Ulm
Printed in Germany
ISBN 3-596-50740-5

Ungekürzte Fassung
Nach den Regeln der neuen Rechtschreibung

Meiner Freundin Nan

Vorwort

Zu bestimmten Arten von Prosaliteratur gehören bestimmte Klischees. Der «stolze, böse Baron» beispielsweise zum Kitschroman, die «Leiche in der Bibliothek» zum Kriminalroman. Mehrere Jahre trug ich mich mit dem Gedanken an eine angemessene «Variation über ein bekanntes Thema». Ich stellte mir dafür bestimmte Bedingungen. Die Bibliothek musste eine streng konventionelle Bibliothek sein, die Leiche dagegen eine ganz und gar ungewöhnliche, sensationelle Leiche. Das waren die Vorgaben, doch einige Jahre blieb es dabei, und das Projekt gelangte nicht über ein paar Zeilen in einem Schulheft hinaus. Dann aber verbrachte ich einmal einige Sommertage in einem mondänen Hotel am Meer und beobachtete dort an einem Tisch im Speisesaal eine Familie: ein älterer Mann im Rollstuhl, umgeben von einer Schar jüngerer Familienmitglieder. Am nächsten Tag reisten sie glücklicherweise ab, und meine Phantasie konnte sich unbelastet von jeglichem Wissen ans Werk machen.

Wenn ich gefragt werde, ob in meinen Büchern reale Personen vorkommen, lautet die Antwort: «Es ist mir völlig unmöglich, über Menschen zu schreiben, die ich kenne, mit denen ich einmal gesprochen oder von denen ich auch nur gehört habe!» Aus irgendeinem Grund wären sie damit für mich mausetot. Wohl aber kann ich eine «Marionette» nehmen und sie mit Eigenschaften und Phantasien eigener Erfindung ausstatten.

So wurde ein älterer Invalide zum Mittelpunkt der Geschichte, und Colonel Bantry und seine Frau, zwei alte Freunde meiner

Miss Marple, hatten genau die richtige Bibliothek. Nach Art eines Kochrezepts gebe man folgende Zutaten hinzu: einen Tennistrainer, eine junge Tänzerin, einen Künstler, eine Pfadfinderin, eine Eintänzerin und noch einiges mehr. Und dann serviere man *à la* Miss Marple!

Agatha Christie

Erstes Kapitel

I

Mrs. Bantry träumte. Ihre Gartenwicken hatten bei der Blumenschau den ersten Preis gewonnen. Der Pfarrer, in vollem Ornat, verteilte die Preise in der Kirche. Seine Frau schritt im Badeanzug vorbei, doch wie es in Träumen wunderbarerweise so geht, nahm die Gemeinde keinen Anstoß daran, was sie im wirklichen Leben zweifellos getan hätte…

Mrs. Bantry genoss ihren Traum in vollen Zügen, wie meist bei diesen morgendlichen Träumen, die mit der Ankunft des Tees ihr Ende fanden. Noch halb im Unterbewusstsein nahm sie die üblichen Morgengeräusche des Hauses wahr. Im Treppenhaus rasselten die Vorhangringe, als das Dienstmädchen die Gardinen aufzog, auf dem Flur draußen klapperte das zweite Dienstmädchen mit Schaufel und Besen, und unten wurde mit Gepolter der Riegel an der Haustür zurückgeschoben.

Ein neuer Tag begann. Mrs. Bantry musste die Blumenschau noch nach Kräften auskosten, denn schon wurde deutlich, dass es nur ein Traum war…

Im Erdgeschoss wurden die großen hölzernen Fensterläden des Salons geöffnet. Mrs. Bantry hörte es, ohne es zu registrieren. Noch eine gute halbe Stunde würde es so weitergehen: diskrete, gedämpfte Geräusche, so vertraut, dass sie nicht weiter störten. Zum Schluss würden sich auf dem Flur schnelle, gleichmäßige Schritte nähern, ein Kattunkleid würde rascheln, ein leises Klirren würde zu vernehmen sein, wenn das Teetablett auf dem Tisch vor der Tür abgestellt wurde, dann ein sachtes Anklopfen. Und schließlich würde Mary eintreten und die Vorhänge öffnen.

Mrs. Bantry runzelte die Stirn. Etwas Störendes drang in ihren Traum ein, etwas, das nicht dazugehörte. Schritte im Flur, zu hastige, zu frühe Schritte. Unbewusst lauschte sie auf das Klirren des Teegeschirrs, aber da klirrte kein Geschirr.

Jetzt klopfte es. Aus den Tiefen des Traums rief Mrs. Bantry mechanisch: «Herein!» Die Tür ging auf – gleich würden rasselnd die Gardinen zurückgezogen werden.

Doch kein Rasseln ertönte. Aus dem grünen Dämmerlicht kam Marys Stimme, in höchster, atemloser Erregung: «Madam, Madam! In der Bibliothek liegt eine Tote!»

Das Mädchen brach in wildes Schluchzen aus und rannte aus dem Zimmer.

II

Mrs. Bantry setzte sich auf. Entweder hatte ihr Traum eine äußerst merkwürdige Wendung genommen oder aber – oder aber Mary war wirklich hereingestürzt und hatte gesagt – unfassbar! grotesk geradezu! –, dass in der Bibliothek eine Tote liege.

«Unmöglich», sagte Mrs. Bantry zu sich selbst. «Das muss ich geträumt haben.»

Doch noch während sie es sagte, wurde ihr klar, dass sie es keineswegs geträumt hatte, dass Mary, ihre vernünftige, überlegene Mary, diese absurden Worte wirklich ausgesprochen hatte.

Mrs. Bantry überlegte eine Weile und versetzte dann ihrem schlummernden Gatten einen dringlichen ehelichen Rippenstoß.

«Arthur, Arthur, wach auf!»

Colonel Bantry ächzte, murmelte etwas und drehte sich auf die andere Seite.

«Wach auf, Arthur! Hast du gehört, was Mary gesagt hat?»

«Durchaus möglich», nuschelte Colonel Bantry. «Ich bin ganz deiner Meinung, Dolly.» Und schon war er wieder eingeschlafen.

Mrs. Bantry rüttelte ihn.

«Nun hör doch! Mary sagt, in der Bibliothek liegt eine Tote!»

«Äh, was?»

«Eine Tote! In der Bibliothek!»

«Wer sagt das?»

«Mary.»

Colonel Bantry raffte seine fünf Sinne zusammen und begann sich mit der Lage zu befassen.

«Unsinn, altes Mädchen», sagte er. «Du hast geträumt.»

«Das dachte ich auch erst, aber ich habe nicht geträumt. Mary war hier im Zimmer und hat es wirklich gesagt.»

«Dass in der Bibliothek eine Tote liegt?»

«Ja.»

«Das kann nicht sein.»

«Nein – nein, eigentlich nicht», sagte Mrs. Bantry unsicher, doch dann straffte sie sich und fuhr fort:

«Aber warum sagt sie dann so etwas?»

«Sie kann es gar nicht gesagt haben.»

«Sie hat es aber gesagt.»

«Das bildest du dir ein.»

«Nein.»

Inzwischen war Colonel Bantry hellwach und bereit, den Dingen ins Auge zu sehen. Freundlich sagte er: «Du hast geträumt, Dolly, das ist alles. Das kommt von diesem Kriminalroman, den du neulich gelesen hast, *Das Geheimnis des abgebrochenen Zündholzes*, du weißt schon, wo Lord Edgbaston das schöne blonde Mädchen tot auf dem Kaminvorleger in der Bibliothek findet. Im Roman wird die Leiche immer in der Bibliothek gefunden. Im wirklichen Leben habe ich so etwas noch nie gehört.»

«Dann wirst du's vielleicht jetzt hören. Auf jeden Fall musst du aufstehen und nachsehen, Arthur.»

«Aber das kann doch nur ein Traum gewesen sein, Dolly.

Träume erscheinen beim Aufwachen oft noch so wunderbar real. Man ist sich dann ganz sicher, dass die Dinge wirklich passiert sind.»

«Ich habe aber etwas ganz anderes geträumt, von einer Blumenschau und von der Pfarrersfrau im Badeanzug – oder so ähnlich.»

Mit ungeahnter Energie sprang Mrs. Bantry plötzlich aus dem Bett und zog die Vorhänge auf. Das Licht eines schönen Herbsttages strömte ins Zimmer.

«Ich habe das *nicht* geträumt», erklärte sie entschieden. «Steh jetzt auf, Arthur, geh hinunter und sieh nach, was da los ist.»

«Ich soll hinuntergehen und fragen, ob in der Bibliothek eine Tote liegt? Ich mach mich doch nicht lächerlich!»

«Du brauchst ja nicht zu fragen. Wenn tatsächlich irgendwo eine Leiche ist – vielleicht hat Mary ja den Verstand verloren und sieht Dinge, die gar nicht da sind –, dann wirst du es sofort erfahren. Du selbst brauchst da gar nichts zu sagen.»

Murrend hüllte sich Colonel Bantry in seinen Morgenrock und verließ das Zimmer. Er schritt den Flur entlang und die Treppe hinab. Unten stand dicht zusammengedrängt ein Grüppchen Dienstboten; einige von ihnen schluchzten. Der Butler trat gewichtig vor.

«Gut, dass Sie kommen, Sir. Ich habe Anweisung gegeben, vorläufig nichts zu unternehmen. Wäre es Ihnen recht, wenn ich jetzt die Polizei rufe, Sir?»

«Die Polizei? Wieso denn das?»

Der Butler warf einen vorwurfsvollen Blick nach hinten, wo eine hoch gewachsene junge Frau an der Schulter der Köchin hemmungslos weinte.

«Ich nahm an, Mary hätte Sie unterrichtet, Sir. Sie sagte es zumindest.»

«Ich war so aufgeregt», stieß Mary schluchzend hervor, «ich weiß gar nicht mehr, was ich gesagt habe. Plötzlich hab ich sie wieder vor mir gesehen, ich bekam weiche Knie, der Magen hat sich mir umgedreht ... Wie sie da lag – ogottogottogott!»

Sie sank wieder an Mrs. Eccles' Schulter. «Na, na, meine Liebe», beruhigte die Köchin sie nicht ohne Genuss.

«Mary ist verständlicherweise noch etwas durcheinander, Sir», erklärte der Butler. «Schließlich war sie es, die den grausigen Fund gemacht hat. Sie ist wie immer in die Bibliothek gegangen, um die Vorhänge aufzuziehen – und dabei wäre sie fast über die Tote gestolpert.»

«Wollen Sie damit sagen», fragte Colonel Bantry, «dass eine Leiche in meiner Bibliothek liegt – in *meiner* Bibliothek?»

Der Butler hüstelte. «Wenn Sie sich vielleicht selbst überzeugen möchten?»

III

«Hallo, hallo, hier Polizeirevier. Ja, wer ist am Apparat?»

Constable Palk hielt in der einen Hand den Hörer, mit der anderen knöpfte er sich den Uniformrock zu.

«Ja, ja, Gossington Hall. Ja? Oh, guten Morgen, Sir.» Der Wachtmeister milderte seinen ungnädigen Amtston ein wenig, als er den großzügigen Förderer des Polizeisports und höchsten Beamten des Bezirks erkannte.

«Ja, Sir? Was kann ich für Sie tun? Entschuldigen Sie, Sir, ich verstehe nicht ganz – eine Tote, sagen Sie? Ja? Ja, wenn ich bitten darf, Sir. In Ordnung, Sir. Ihnen unbekannte junge Frau, sagen Sie? – Ganz recht, Sir. Ja, ich kümmere mich darum.»

Constable Palk legte den Hörer auf, stieß einen lang gezogenen Pfiff aus und wählte dann die Nummer seines Vorgesetzten.

Mrs. Palk streckte den Kopf durch die Küchentür, und ein verlockender Duft nach gebratenem Speck zog ins Zimmer.

«Was ist passiert?»

«Total verrückte Sache. In Gossington Hall hat man die Leiche einer jungen Frau gefunden. In Colonel Bantrys Bibliothek.»

«Ermordet?»

«Erwürgt, sagt er.»

«Und wer ist sie?»

«Er sagt, er hat keine Ahnung.»

«Was hatte sie dann in seiner Bibliothek zu suchen?»

Der Wachtmeister brachte seine Frau mit einem vorwurfsvollen Blick zum Schweigen und schlug dann wieder seinen Amtston an.

«Inspektor Slack? Hier Constable Palk. Soeben wird gemeldet, dass heute um sieben Uhr fünfzehn eine junge Frau tot aufgefunden wurde...»

IV

Miss Marple kleidete sich gerade an, als das Telefon klingelte. Sie war ein wenig irritiert. Eine ungewöhnliche Zeit für einen Anruf. Ihr sittsames Altjungfernleben war so wohl geordnet, dass unerwartete Anrufe zu einem Quell lebhafter Mutmaßungen wurden.

«Du meine Güte», sagte sie und fasste den klingelnden Apparat erstaunt ins Auge. «Wer kann das sein?»

Nachbarliche Telefongespräche wurden im Dorf stets zwischen neun und halb zehn geführt. In dieser Zeit machte man Pläne für den Tag, sprach Einladungen aus und Ähnliches mehr. Nur der Metzger rief hin und wieder kurz vor neun an, wenn eine Krise im Fleischereigewerbe eingetreten war. Auch im Laufe des Tages konnte gelegentlich ein Anruf kommen, nach halb zehn abends zu telefonieren aber galt als ungehörig. Miss Marples Neffe allerdings, ein Schriftsteller und daher sprunghaft, hatte schon zu den unmöglichsten Zeiten angerufen, einmal sogar kurz vor Mitternacht. Doch so exzentrisch Raymond West auch sein mochte – ein Frühaufsteher war er nicht. Weder von ihm noch von irgendjemandem aus Miss Marples Bekanntenkreis war anzunehmen, dass er vor acht Uhr morgens anrief. Um Viertel vor acht, um genau zu sein. Selbst für ein Telegramm war es noch zu früh, denn die Post machte erst um acht auf.

«Da muss sich jemand verwählt haben», entschied Miss Marple. Sie trat zu dem ungeduldigen Apparat, nahm den Hörer ab und brachte den Lärm damit zum Verstummen. «Ja?», sagte sie.

«Bist du's, Jane?»

Miss Marple war höchst überrascht.

«Ja. Du bist ja früh auf, Dolly.»

Mrs. Bantry sprach in atemloser Erregung.

«Etwas Entsetzliches ist passiert!»

«O Gott, meine Liebe…»

«Bei uns liegt eine Tote in der Bibliothek!»

Einen Moment lang glaubte Miss Marple, ihre Freundin habe den Verstand verloren.

«Eine was?»

«Ja, kaum zu glauben, nicht wahr? Ich dachte immer, so etwas passiert nur in Romanen. Ich musste stundenlang auf Arthur einreden, bis er überhaupt nachsehen ging.»

Miss Marple versuchte sich zu fassen. Aufgeregt fragte sie: «Und wer ist sie?»

«Eine Blondine.»

«Eine was?»

«Eine Blondine. Ein schönes blondes Mädchen, auch wie im Roman. Keiner von uns kennt sie. Sie liegt einfach so in der Bibliothek, tot, und deshalb musst du sofort kommen.»

«Ich?»

«Ja, du, ich schicke dir den Wagen.»

«Natürlich, meine Liebe», sagte Miss Marple skeptisch, «wenn du meinst, es wäre dir eine Beruhigung…»

«Nein, nein, ich brauche keine Beruhigung. Aber du kennst dich doch mit Leichen so gut aus.»

«Aber woher denn. Meine bescheidenen Erfolge waren doch überwiegend theoretischer Natur.»

«Doch, doch, von Mord und Totschlag verstehst du was. Sie ist nämlich ermordet worden, erwürgt. Ich finde, wenn schon im eigenen Haus ein Mord passiert, dann kann man ihn doch auch genießen, oder nicht? Und deshalb möchte ich, dass du kommst und mir hilfst, den Täter aufzuspüren und das Rätsel zu lösen und so weiter. Ist das nicht schrecklich aufregend?»

«Nun ja, natürlich, meine Liebe, wenn ich dir irgendwie behilflich sein kann...»

«Wunderbar! Arthur ist ja so eigen. Anscheinend findet er's nicht in Ordnung, dass ich mich über die Sache freue. Es ist natürlich furchtbar traurig und so, ich weiß, aber ich kenne das Mädchen doch gar nicht. Irgendwie wirkt sie überhaupt nicht real – wenn du sie siehst, wirst du verstehen, was ich meine.»

V

Ein wenig außer Atem stieg Miss Marple aus dem Wagen der Bantrys, dessen Tür ihr der Chauffeur aufhielt.

Colonel Bantry trat auf die Stufen hinaus. Er schien ein wenig überrascht.

«Miss Marple? Äh – sehr erfreut, Sie zu sehen.»

«Ihre Frau hat mich angerufen», erklärte Miss Marple.

«Fabelhaft, ganz fabelhaft. Sie braucht jemanden, der sich um sie kümmert, sonst klappt sie uns noch zusammen. Im Moment macht sie zwar gute Miene zum bösen Spiel, aber Sie wissen ja, wie das ist...»

In diesem Augenblick erschien Mrs. Bantry auf der Bildfläche und rief: «Bitte, geh wieder ins Speisezimmer und iss dein Frühstück, Arthur. Der Speck wird kalt.»

«Ich dachte, der Inspektor kommt.»

«Er kann jeden Moment hier sein, und deshalb solltest du unbedingt vorher frühstücken. Du brauchst etwas im Magen.»

«Du aber auch. Komm mit und iss erst einmal etwas, Dolly.

«Ich komm gleich nach. Geh du nur schon hinein, Arthur.»

Colonel Bantry wurde wie ein störrisches Huhn ins Haus zurückgescheucht.

«So!», sagte Mrs. Bantry triumphierend. «Komm mit.»

Sie führte Miss Marple eilig durch den langen Flur in den Ostflügel des Hauses. Vor der Tür zur Bibliothek hielt Constable Palk Wache. Gewichtig vertrat er Mrs. Bantry den Weg.

«Tut mir Leid, aber hier darf niemand rein, Madam. Befehl vom Inspektor.»

«Unsinn, Palk», sagte Mrs. Bantry, «Sie kennen doch Miss Marple.»

Das musste der Wachtmeister zugeben.

«Es ist sehr wichtig, dass Miss Marple die Tote sieht. Nun stellen Sie sich nicht so an, Palk. Es ist schließlich meine Bibliothek, nicht wahr?»

Constable Palk gab nach, aus lebenslanger Gewohnheit, den Wünschen der Aristokratie zu entsprechen. Der Inspektor brauchte ja nichts davon zu wissen.

«Es darf aber nichts berührt oder in irgendeiner Weise verändert werden», warnte er die Damen.

«Natürlich nicht», gab Mrs. Bantry ungeduldig zurück. «Das ist uns klar. Sie können ja mitkommen und aufpassen, wenn Sie möchten.»

Der Wachtmeister machte von dieser Erlaubnis Gebrauch. Er wäre so oder so mit hineingegangen.

Triumphierend führte Mrs. Bantry ihre Freundin zu dem großen altmodischen Kamin. «Da!», sagte sie mit viel Sinn für die dramatische Zuspitzung.

Jetzt verstand Miss Marple, warum ihre Freundin gesagt hatte, die Tote wirke überhaupt nicht real. Die Bibliothek war ein für seine Besitzer sehr typischer Raum: groß, schäbig und unordentlich, breite durchgesessene Sessel, ein Sammelsurium von Pfeifen, Büchern und Papieren auf dem großen Tisch, an den Wänden ein, zwei gute alte Familienporträts, einige schlechte viktorianische Aquarelle und ein paar gewollt spaßige Jagdszenen und in der Ecke eine Vase mit großen Astern. Der ganze Raum war dämmrig und behaglich. Man sah ihm an, dass er seit Generationen von einer traditionsbewussten Familie benutzt wurde.

Doch auf dem Bärenfell vor dem Kamin lag etwas Neues, Grelles, Melodramatisches. Ein knallig aufgemachtes junges Mädchen. Ein Mädchen mit unnatürlich blondem, in kunstvollen Locken und Kringeln hoch getürmtem Haar. Den schlanken Körper umschloss ein rückenfreies Abendkleid aus weißem, paillettenbesetztem Satin. Das Gesicht war stark geschminkt. Der Puder stach grotesk gegen die blauen Schwellungen ab, die Wimperntusche lag dick auf den verzerrten Wangen, das Scharlachrot der Lippen glich einer klaffenden Wunde. Die Fingernägel waren blutrot lackiert, ebenso die Zehennägel in den billigen silbernen Riemchenschuhen. Eine vulgäre, aufgedonnerte Erscheinung, höchst unpassend inmitten der soliden, altmodischen Gemütlichkeit von Colonel Bantrys Bibliothek.

«Verstehst du jetzt, was ich gemeint habe? Es kann einfach nicht wahr sein!», sagte Mrs. Bantry leise.

Die alte Dame neben ihr nickte. Lange und nachdenklich sah sie auf die verkrümmte Gestalt hinab.

«Ein ganz junges Ding», sagte sie schließlich leise.

«Ja – ja, in der Tat», pflichtete Mrs. Bantry bei, als hätte sie soeben eine überraschende Entdeckung gemacht.

Miss Marple beugte sich hinab. Sie berührte das Mädchen nicht. Sie betrachtete die Finger, die sich vorn in das Kleid gekrallt hatten. Das Mädchen musste verzweifelt nach Luft gerungen haben.

Draußen knirschten Autoreifen über den Kies.

«Das wird der Inspektor sein», sagte Constable Palk aufgeregt.

Und gemäß seinem tief verwurzelten Glauben, dass man von der Aristokratie niemals im Stich gelassen wurde, strebte Mrs. Bantry in der Tat augenblicklich der Tür zu. Miss Marple folgte ihr.

«Keine Sorge, Palk», sagte Mrs. Bantry.

Der Wachtmeister war unendlich erleichtert.

VI

Nachdem Colonel Bantry hastig den letzten Bissen Marmeladentoast mit einem Schluck Kaffee hinuntergespült hatte, eilte er in die Halle und sah draußen zu seiner Erleichterung Colonel Melchett, den Polizeichef der Grafschaft, in Begleitung von Inspektor Slack aus einem Auto steigen. Chief Constable Melchett war ein Freund des Colonels. Für Slack dagegen – einen energischen Mann, der seinen Namen Lügen strafte und seinen Übereifer mit einem gerüttelt Maß an Grobheit gegenüber Leuten verband, die er für unwichtig hielt –, für Slack hatte Colonel Bantry noch nie viel übrig gehabt.

«Morgen, Bantry», sagte der Chief Constable. «Dachte, ich komme besser selbst. Scheint ein ungewöhnlicher Fall zu sein.»

«Es ist – es ist…» Colonel Bantry fehlten die Worte. «Es ist unfassbar, grotesk geradezu!»

«Keine Ahnung, wer die Frau ist?»

«Nicht die geringste. Hab sie noch nie gesehen.»

«Weiß der Butler etwas?», fragte Inspektor Slack.

«Lorrimer ist genauso perplex wie ich.»

«Hm.»

«Das Frühstück steht noch im Speisezimmer, Melchett», sagte Colonel Bantry. «Wie wär's mit einem Happen?»

«Nein, nein, machen wir uns lieber gleich an die Arbeit. Haydock muss jeden Moment hier sein – ah, da ist er ja.»

Ein zweites Auto fuhr vor, dem der große, breitschultrige Doktor Haydock entstieg, der auch als Polizeiarzt fungierte. In einem dritten Wagen waren zwei Männer in Zivil eingetroffen, einer davon mit einem Fotoapparat.

«Alles klar?», fragte der Chief Constable. «Gut. Dann also los. In der Bibliothek, sagt Slack.»

Colonel Bantry stöhnte. «Es ist nicht zu fassen! Als meine Frau heute Morgen steif und fest behauptet hat, das Mädchen hätte gesagt, in der Bibliothek liegt eine Tote, da hab ich ihr kein Wort geglaubt.»

«Das kann ich gut verstehen. Hoffe nur, die Frau Gemahlin ist nicht allzu echauffiert.»

«Sie hält sich großartig, ganz großartig. Die alte Miss Marple ist bei ihr, aus dem Dorf, du kennst sie ja.»

«Miss Marple?» Der Chief Constable stutzte. «Wieso denn das?»

«Na, als Frau hat man wohl gern eine andere Frau um sich, meinst du nicht?»

Colonel Melchett lachte leise. «Also, wenn du mich fragst: Deine Frau möchte sich gern ein bisschen als Amateurdetektivin betätigen. Miss Marple ist ja die große Spürnase hier in der Gegend. Hat es uns damals ganz schön gezeigt, was, Slack?»

«Das war was anderes.»

«Als was?»

«Das war eine lokale Sache, Sir. Der alten Dame entgeht ja wirklich nichts, was sich im Dorf abspielt. Aber hier wird sie sich die Zähne ausbeißen.»

«Sie tappen ja selbst noch im Dunkeln, Slack», erwiderte Melchett trocken.

«Warten Sie's ab, Sir, nicht mehr lange.»

VII

Im Speisezimmer nahmen Mrs. Bantry und Miss Marple das Frühstück ein. Nachdem Mrs. Bantry ihren Gast mit allem versorgt hatte, fragte sie gespannt: «Nun, Jane?»

Miss Marple blickte ein wenig verwundert auf

«Erinnert dich das Ganze nicht an irgendetwas?», fragte Mrs. Bantry hoffnungsvoll.

Denn was Miss Marple zu einiger Berühmtheit verholfen hatte, war ihre Fähigkeit, unbedeutende Dorfereignisse mit ernsteren Problemen zu verknüpfen und dadurch Licht in Letztere zu bringen.

«Nein», sagte Miss Marple nachdenklich, «nicht, dass ich wüsste – noch nicht zumindest. Einen Moment lang musste ich zwar an Edie denken – du weißt schon, Mrs. Chettys Jüngste –, aber wohl nur, weil das arme Mädchen genauso abgekaute Fingernägel und etwas vorstehende Zähne hat, das ist alles. Und Edie», spann Miss Marple den Vergleich weiter, «hatte die gleiche Vorliebe für billigen Putz.»

«Du meinst das Kleid?»

«Ja, dieser ordinäre Satin – ganz mindere Qualität.»

«Wahrscheinlich aus einem von diesen grässlichen Läden, wo alles nur ein paar Shilling kostet. Aber sag mal», fuhr Mrs. Bantry erwartungsvoll fort, «was ist eigentlich aus Mrs. Chettys Edie geworden?»

«Sie hat gerade ihre zweite Stelle angetreten und macht sich da recht gut, soviel ich weiß.»

Mrs. Bantry war ein wenig enttäuscht. Die Dorfparallele schien nicht sehr viel versprechend.

«Wenn ich nur wüsste», sagte sie, «was das Mädchen in Arthurs Bibliothek zu suchen hatte. Das Fenster ist aufgebrochen worden, sagt Palk. Vielleicht ist sie mit einem Einbrecher hergekommen, sie haben sich gestritten und – aber das ist wohl alles Unsinn, was?»

«Für einen Einbruch war sie auch nicht angezogen», sagte Miss Marple gedankenvoll.

«Nein, eher für eine Tanzveranstaltung, eine Abendgesellschaft oder dergleichen. Aber so etwas gibt es hier ja gar nicht, und in der näheren Umgebung auch nicht.»

«Nein...» Miss Marple zögerte.

«Du denkst doch an etwas Bestimmtes, Jane», drängte Mrs. Bantry.

«Hm, ich überlege gerade...»

«Ja?»

«Basil Blake.»

«Nein!», entfuhr es Mrs. Bantry. Und gleichsam als Erklärung fügte sie hinzu: «Ich kenne seine Mutter.»

Die beiden Frauen sahen sich an. Miss Marple seufzte und schüttelte den Kopf.

«Ich verstehe ja, dass du das nicht gern hörst.»

«Selina Blake ist die reizendste Person, die man sich vorstellen kann. Ihre Staudenrabatten – einfach prachtvoll, da kann man nur vor Neid erblassen. Und sie ist äußerst großzügig mit Ablegern.»

Miss Marple überhörte diesen Appell zur Rücksichtnahme auf Mrs. Blake und sagte: «Trotzdem. Du weißt ja, es wird allerhand geredet.»

«Ja, ja, ich weiß. Arthur sieht rot, wenn er nur den Namen Basil Blake hört. Und Blake hat sich ihm gegenüber auch wirklich unmöglich benommen. Seitdem lässt er kein gutes Haar an ihm. Diese geringschätzige Art, die diese jungen Männer heutzutage an sich haben – machen sich lustig über Leute, die ihre Schule in Ehren halten oder das Empire und Ähnliches. Und wie er sich anzieht! Manche halten es ja für völlig unwichtig, was man auf dem Land trägt, aber das ist das Dümmste, was ich je gehört habe. Gerade auf dem Land achtet doch jeder darauf.»

Mrs. Bantry machte eine Pause und setzte dann wehmütig hinzu: «Und als kleines Kind war er so wonnig!»

«Letzten Sonntag war ein entzückendes Bild von dem Cheviot-Mörder als Baby in der Zeitung.»

«O Gott, Jane, du glaubst doch nicht...»

«Aber nein, meine Liebe, woher denn. Das hieße nun wirklich voreilige Schlüsse ziehen. Ich habe nur überlegt, was die junge Frau hierher geführt haben mag. Sie passt so gar nicht nach St. Mary Mead. Und da kam mir als einzig mögliche Erklärung Basil Blake in den Sinn. Bei ihm finden ja Gesellschaften statt. Mit Gästen aus London, Leuten vom Film – weißt du noch letzten Juli? Geschrei, Gesang, ein fürchterlicher Lärm, alle sturzbetrunken, und das Chaos und die Scherben am nächsten Morgen – ich weiß es von der alten Mrs. Berry –, unvorstellbar geradezu, und in der Badewanne hat eine junge Frau geschlafen, mit praktisch nichts am Leib!»

«Das werden Filmleute gewesen sein», meinte Mrs. Bantry nachsichtig.

«Höchstwahrscheinlich. Und dann – du hast es ja bestimmt gehört –, vor ein paar Wochen, da hat er eine junge Frau hierher gebracht, eine Platinblonde.»

«Du meinst, das ist sie?», rief Mrs. Bantry

«Ich überlege gerade … Aus der Nähe hab ich sie nie gesehen, nur wenn sie mit dem Auto angekommen oder weggefahren ist, und einmal, als sie sich im Garten gesonnt hat, nur in Shorts und Büstenhalter. Ihr Gesicht konnte ich nicht genau sehen. Sie schauen ja auch alle gleich aus, diese Mädchen mit ihrem Make-up, ihren Frisuren und ihren lackierten Fingernägeln.»

«Stimmt. Aber immerhin – ene Möglichkeit wäre es, Jane.»

Zweites Kapitel

I

Eine Möglichkeit, die auch Colonel Melchett und Colonel Bantry gerade erörterten.

Der Chief Constable hatte die Leiche in Augenschein genommen, seine Leute mit den üblichen Untersuchungen beauftragt und sich dann mit dem Hausherrn in dessen Arbeitszimmer im anderen Flügel des Hauses begeben.

Colonel Melchett war ein reizbar wirkender Mann, der die Angewohnheit hatte, an seinem kurzen roten Schnurrbart zu zupfen. Das tat er auch jetzt. Er warf seinem Freund einen besorgten Seitenblick zu und platzte schließlich heraus:

«Hör mal, Bantry, ich muss das einfach loswerden. Du hast also wirklich keine Ahnung, wer das Mädchen ist?»

Colonel Bantry wollte aufbrausen, doch Melchett kam ihm zuvor.

«Schon gut, schon gut, alter Junge, aber sieh's mal so: Könnte verdammt unangenehm für dich werden – verheirateter Mann, versteht sich gut mit seiner besseren Hälfte und so weiter. Ganz unter uns: Solltest du doch etwas mit dem Mädchen zu tun haben, sag's lieber gleich. Ist nur natürlich, dass man mit so etwas nicht gern herausrückt – ginge mir ganz genauso. Wird aber nicht zu umgehen sein. Ist immerhin ein Mordfall, mit dem wir's hier zu tun haben. Früher oder später kommen die Fakten ja doch ans Licht. Verflucht noch mal, ich sage ja nicht, dass du das Mädchen erwürgt hast. Dass du so was nie tun würdest, ist mir klar. Aber sie ist nun mal hier, in deinem Haus. Angenommen, sie ist in die Bibliothek eingestiegen und hat auf dich gewartet, und irgendein Kerl ist ihr gefolgt und hat sie umgebracht. Könnte doch sein. Verstehst du, was ich meine?»

«Zum Teufel, Melchett, ich sage doch, ich habe sie noch nie gesehen! Ich bin nicht so einer.»

«Schon gut, schon gut, war nicht so gemeint. Ich weiß, du bist ein Mann von Welt. Aber trotzdem: Was hatte sie dann bei dir zu suchen? Von hier ist sie nicht, so viel steht fest.»

«Ein Alptraum ist das!», schnaubte der erzürnte Hausherr.

«Die Frage ist: Was hatte sie in deiner Bibliothek zu suchen?»

«Woher soll ich das wissen? Ich habe sie nicht hergebeten.»

«Ja, sicher, aber sie ist nun mal da. Sieht aus, als hätte sie zu dir gewollt. Du hast nicht irgendwelche merkwürdigen Briefe bekommen oder so?»

«Nein.»

«Was hast du gestern Abend gemacht?», forschte Colonel Melchett behutsam weiter.

«Ich war bei der Versammlung der Konservativen Gesellschaft. Um neun, in Much Benham.»

«Und wann bist du zurückgekommen?»

«Ich bin um kurz nach zehn dort los. Hatte unterwegs eine kleine Panne, musste ein Rad wechseln. Um Viertel vor zwölf war ich wieder hier.»

«In der Bibliothek bist du dann nicht mehr gewesen?»

«Nein.»

«Schade.»

«Ich war müde. Bin gleich ins Bett.»

«Hat hier im Haus jemand auf dich gewartet?»

«Nein. Ich nehme immer den Schlüssel mit. Lorrimer geht um elf schlafen, wenn ich nichts anderes anordne.»

«Und wer schließt die Bibliothek ab?»

«Lorrimer. Um diese Jahreszeit normalerweise gegen halb acht.»

«Kommt es vor, dass er im Lauf des Abends noch einmal hineingeht?»

«Nicht, wenn ich außer Haus bin. Das Whiskytablett hatte er in der Halle abgestellt.»

«Aha. Und deine Frau?»

«Keine Ahnung. Sie hat schon fest geschlafen, als ich kam. Möglich, dass sie am Abend noch in der Bibliothek oder im Salon gesessen hat. Ich hab sie gar nicht danach gefragt.»

«Na ja, die Einzelheiten werden wir ja bald erfahren. Natürlich könnte auch jemand vom Personal etwas damit zu tun haben, was meinst du?»

Colonel Bantry schüttelte den Kopf.

«Kaum. Das sind alles rechtschaffene Leute. Sie sind seit Jahren bei uns.»

«Ja – nicht sehr wahrscheinlich, dass sie in die Sache verwickelt sind», pflichtete Melchett bei. «Sieht ganz so aus, als sei das Mädchen aus der Stadt gekommen, vielleicht mit irgendeinem jungen Burschen. Aber warum sie hier eingedrungen sind...»

«London», unterbrach ihn Bantry, «ja, das passt schon eher. Hier tut sich ja nichts, jedenfalls...»

«Ja?»

«Donner und Doria!», brach es aus Colonel Bantry hervor. «Basil Blake!»

«Wer ist Basil Blake?»

«Ein junger Mann, hat mit der Filmbranche zu tun. Ganz übler Bursche. Meine Frau nimmt ihn immer in Schutz, weil seine Mutter eine Schulkameradin von ihr war, aber wenn einer ein dekadenter, nichtsnutziger junger Laffe ist, dann er! Was der braucht, ist ein Tritt in den Hintern! Hat das Haus in der Lansham Road gekauft, du kennst es ja, dieser scheußliche moderne Kasten. Ständig wird da gefeiert, ein Lärm und ein Gekreische ist das, und übers Wochenende hat er Mädchen da.»

«Mädchen?»

«Ja, erst letzte Woche wieder, eine von diesen Platinblonden...»

Dem Colonel blieb der Mund offen stehen.

«Eine Platinblonde?», wiederholte er nachdenklich.

«Ja. Aber du glaubst doch nicht ...»

«Möglich ist alles», sagte der Chief Constable energisch. «Das würde jedenfalls erklären, wie so ein Mädchen nach St. Mary Mead kommt. Werde mal losfahren und mich mit dem jungen Mann unterhalten – Braid, Blake, wie hieß er noch?»

«Blake. Basil Blake.»

«Weißt du, ob er im Moment da ist?»

«Äh, was haben wir heute? Samstag? Normalerweise kommt er im Laufe des Samstagvormittags.»

«Na, dann wollen wir mal sehen», sagte Colonel Melchett grimmig.

II

Basil Blakes Landhaus in St. Mary Mead, dessen abscheuliches Pseudotudorfachwerk allen nur erdenklichen Komfort umschloss, war der Post und seinem Erbauer William Brooker unter dem Namen «Chatsworth» bekannt, Basil und seine Freunde nannten es «Das Museumsstück», und für die Leute im Dorf war es schlicht «Mr. Brookers neues Haus».

Es lag eine gute Viertelmeile außerhalb des Dorfes, gleich hinter dem Blauen Eber, auf einem Stück neuen Baulandes, das der geschäftstüchtige Mr. Brooker erworben hatte. Die Straße, die daran vorbeiführte, war einmal ein besonders idyllischer Feldweg gewesen. An ihr lag eine Meile weiter auch Gossington Hall.

Als sich die Nachricht im Dorf verbreitete, dass «Mr. Brookers neues Haus» an einen Filmstar verkauft worden sei, war die Aufregung in St. Mary Mead groß gewesen. Gespannt erwartete man das erste Auftreten der legendären Gestalt, und in Sachen Auftreten ließ Basil Blake auch nichts zu wünschen übrig. Nach und nach aber sickerte die Wahrheit durch. Basil Blake war keineswegs ein Filmstar, er war nicht einmal Filmschauspieler. Er war ein kleines Licht in den Lemville-Studios, dem Hauptsitz der British New Era Films, wo er etwa Rang fünfzehn unter den

Verantwortlichen für die Kulissen einnahm. Die Dorfmädchen verloren das Interesse, und die herrschende Klasse gestrenger alter Jungfern nahm Anstoß an Basil Blakes Lebenswandel. Nur der Wirt des Blauen Ebers war nach wie vor entzückt von Basil Blake und dessen Freunden. Seine Einnahmen waren seit der Ankunft des jungen Mannes merklich gestiegen.

Der Polizeiwagen hielt vor dem verschnörkelten schmiedeeisernen Gartentor von Mr. Brookers Phantasiebau, und Colonel Melchett schritt mit einem angewiderten Blick auf das üppige Fachwerk zur Haustür, die er mit dem Türklopfer energisch attackierte.

Sie ging viel schneller auf als erwartet. Ein junger Mann mit glattem, ziemlich langem schwarzem Haar, orangefarbenen Cordhosen und einem leuchtend blauen Hemd fragte ihn barsch: «Was wollen Sie?»

«Sind Sie Mr. Basil Blake?»

«Wer denn sonst?»

«Könnte ich wohl kurz mit Ihnen reden, Mr. Blake?»

«Wer sind Sie?»

«Ich bin Colonel Melchett, der Polizeichef der Grafschaft.»

«Was Sie nicht sagen! Wie amüsant!»

Melchett folgte ihm ins Haus. Jetzt verstand er Colonel Bantrys heftige Reaktion. Auch ihn selbst juckte es in der Fußspitze, doch er riss sich zusammen und bemühte sich um einen verbindlichen Ton.

«Sie scheinen Frühaufsteher zu sein, Mr. Blake.»

«Von wegen. Ich war noch gar nicht im Bett.»

«Ach, ja?»

«Aber Sie sind ja wohl nicht hier, um Nachforschungen über meine Schlafenszeiten anzustellen, und wenn doch, dann verschwenden Sie damit Zeit und Geld der Grafschaft. Worüber wollen Sie denn mit mir reden?»

Colonel Melchett räusperte sich.

«Sie hatten letztes Wochenende einen Gast, wie ich höre, äh, eine blonde junge Dame.»

Basil Blake sah ihn an, warf den Kopf zurück und brach in brüllendes Gelächter aus.

«Haben die alten Klatschtanten Ihnen die Hölle heiß gemacht? Wegen meiner Moral? Moral ist aber kein Fall für die Polizei, verflucht noch mal, das dürfte Ihnen doch bekannt sein.»

«Ganz recht», erwiderte Melchett trocken, «Ihre Moral geht mich nichts an. Ich komme zu Ihnen, weil heute Morgen die Leiche einer blonden jungen Frau von etwas – äh – exotischem Äußerem gefunden wurde – ermordet.»

«Was?» Blake starrte ihn an. «Wo?»

«In Gossington Hall, in der Bibliothek.»

«In Gossington Hall? Beim alten Bantry? Na, großartig! Der alte Bantry! Sauber!»

Colonel Melchett lief puterrot an und schnitt den erneuten Heiterkeitsausbruch des jungen Mannes mit scharfen Worten ab. «Hüten Sie gefälligst Ihre Zunge, Sir. Ich bin hier, um zu sehen, ob Sie Licht in die Sache bringen können.»

«Sie wollen wissen, ob mir eine Blondine abhanden gekommen ist? Deswegen sind Sie hergekommen? Wieso sollte – hoppla, was war denn das?»

Draußen war mit quietschenden Bremsen ein Wagen vorgefahren. Heraus sprang eine junge Frau in einem weiten, pyjamaähnlichen schwarzweißen Anzug. Ihre Lippen waren scharlachrot, die Wimpern kohlschwarz, die Haare platinblond. Sie marschierte zur Haustür, stieß sie energisch auf und rief wütend: «Wieso bist du denn einfach abgehauen, du Mistkerl?»

Basil Blake hatte sich erhoben.

«Sieh einer an, da bist du ja! Natürlich bin ich abgehauen! Ich hab gesagt, wir gehen, aber du wolltest ja nicht!»

«Du denkst wohl, du brauchst nur mit dem Finger zu schnippen, und schon springe ich? Ich habe mich gerade blendend amüsiert.»

«Das kann man wohl sagen, und noch dazu mit diesem Fiesling Rosenberg. Du weißt doch, was das für einer ist.»

«Du warst ja bloß eifersüchtig.»

«Bilde dir nur nichts ein. Ekelhaft ist das, wenn eine keinen Alkohol verträgt und sich von so einem widerlichen Mitteleuropäer betatschen lässt.»

«Du verdammter Lügner! Du hast doch selber gebechert, was das Zeug hält, und dich an diese schwarze spanische Hexe rangemacht!»

«Wenn ich dich zu einer Einladung mitnehme, erwarte ich, dass du dich anständig benimmst.»

«Ich tanze nicht nach deiner Pfeife, merk dir das! Du hast gesagt, wir gehen zu der Party und kommen dann hierher. Aber ich bleibe auf einer Party, solange es mir passt.»

«Ja, und genau deshalb bin ich weg. Ich wollte nach Hause, also bin ich nach Hause. Ich häng doch da nicht stundenlang herum und warte auf so ein verrücktes Huhn.»

«Reizend, wirklich, ein wahrer Gentleman!»

«Aber lange hast du's ja nicht ohne mich ausgehalten.»

«Ich wollte dir nur mal die Meinung sagen!»

«Wenn du glaubst, du kannst dich hier aufspielen, dann bist du schief gewickelt!»

«Und wenn *du* glaubst, du kannst mich herumkommandieren, dann bist *du* schief gewickelt!»

Die beiden starrten einander wütend an.

Colonel Melchett ergriff die Gelegenheit und räusperte sich vernehmlich. Basil Blake fuhr herum.

«Ach, Sie hab ich ja ganz vergessen. Darf ich vorstellen: Dinah Lee – Colonel Blimp von der hiesigen Polizei. So, Colonel, wird Zeit, dass Sie wieder abschwirren. Nachdem Sie jetzt gesehen haben, dass meine Blondine gesund und munter ist, können Sie sich ja um Colonel Bantrys Mieze kümmern. Habe die Ehre!»

«Ich kann Ihnen nur raten, junger Mann, halten Sie Ihr Mundwerk im Zaum, sonst kriegen Sie noch eine Menge Ärger.» Wutentbrannt stapfte Colonel Melchett davon.

Drittes Kapitel

I

In seinem Dienstzimmer in Much Benham ließ Colonel Melchett sich von seinen Untergebenen genauestens Bericht erstatten.

«... klarer Fall also, Sir», schloss Inspektor Slack. «Mrs. Bantry hat sich nach dem Essen in der Bibliothek aufgehalten und ist um kurz vor zehn zu Bett gegangen. Im Hinausgehen hat sie das Licht ausgemacht, und danach hat vermutlich niemand mehr den Raum betreten. Die Dienstboten sind um halb elf schlafen gegangen, Lorrimer eine Viertelstunde später, nachdem er das Whiskytablett in der Halle abgestellt hatte. Niemand hat irgendwelche ungewöhnlichen Geräusche gehört, außer dem dritten Dienstmädchen, und die hat viel zu viel gehört! Stöhnen und einen Schrei, der ihr das Blut in den Adern gefrieren ließ, unheimliche Schritte und was weiß ich noch alles. Aber das zweite Mädchen, ihre Zimmergenossin, sagt, sie hat die ganze Nacht tief und fest geschlafen. Solche Leute machen es einem so schwer mit ihren Phantasiegeschichten!»

«Was ist mit dem aufgebrochenen Fenster?»

«Amateurarbeit, sagt Simmons, mit einem gewöhnlichen Meißel. Gängiges Modell, kann nicht viel Lärm gemacht haben. Irgendwo im Haus müsste ein Meißel sein, aber er ist nirgends zu finden. Bei Werkzeug ist das allerdings nichts Ungewöhnliches.»

«Meinen Sie, jemand vom Personal weiß etwas?»

Inspektor Slacks Antwort klang unwillig. «Nein, Sir, ich glaube nicht. Sie waren alle wie vor den Kopf geschlagen. Ich hatte erst Lorrimer in Verdacht, so zugeknöpft, wie der war, wenn Sie verstehen, was ich meine, aber da scheint nichts dran zu sein.»

Melchett nickte. Er maß Lorrimers Zugeknöpftheit weiter keine Bedeutung bei, denn Reaktionen dieser Art rief der energische Inspektor Slack bei Leuten, die er verhörte, oft hervor.

Die Tür ging auf, und Dr. Haydock trat ein.

«Dachte, ich schau mal eben rein und setze Sie kurz ins Bild.»

«Ah ja, nett, dass Sie kommen. Und?»

«Ziemlich mageres Ergebnis. Alles wie erwartet. Der Tod ist durch Strangulieren eingetreten. Mit dem Satingürtel ihres eigenen Kleides, im Nacken zugezogen. Ganz simpel. Viel Kraft war dazu nicht nötig, jedenfalls nicht, wenn das Mädchen überrascht worden ist. Keine Anzeichen eines Kampfes.»

«Und der Todeszeitpunkt?»

«Zwischen zehn und zwölf, würde ich sagen.»

«Geht's auch etwas genauer?»

Haydock grinste leicht und schüttelte den Kopf.

«Ich werde doch nicht meinen Ruf aufs Spiel setzen. Nicht vor zehn und nicht nach zwölf.»

«Und was sagt Ihnen Ihr Gefühl?»

«Je nachdem. Im Kamin hat ein Feuer gebrannt, es war also warm im Raum, da tritt die Leichenstarre nicht so schnell ein.»

«Können Sie sonst noch etwas über das Mädchen sagen?»

«Nicht viel. Sie war jung, siebzehn oder achtzehn nach meiner Schätzung. In mancher Hinsicht eher unreif, aber von der Muskulatur her gut entwickelt. Kerngesunde Person. Und Virgo intacta, übrigens.»

Mit einem Nicken verließ der Arzt den Raum.

Melchett wandte sich wieder dem Inspektor zu.

«Sind Sie ganz sicher, dass das Mädchen in Gossington Hall noch nie gesehen worden ist?»

«Die Dienstboten könnten's beschwören. Sind noch ganz aufgebracht. Würden sich ganz bestimmt erinnern, wenn sie sie in der Gegend schon mal gesehen hätten, sagen sie.»

«Sollte man meinen, ja. So jemand würde hier auffallen wie ein bunter Hund. Siehe die junge Frau bei Blake.»

«Schade, dass es nicht die ist», meinte Slack. «Dann wären wir jetzt ein Stück weiter.»

«Das Mädchen kann nur aus London sein», überlegte der Chief Constable. «Hier im Umkreis wird sich wohl kaum eine Spur finden. Ich glaube, wir sollten Scotland Yard einschalten. Das ist ein Fall für die, nicht für uns.»

«Aber sie muss doch einen Grund gehabt haben, hierher zu kommen.» Slack zögerte einen Moment und fügte dann hinzu: «Ich kann mir einfach nicht vorstellen, dass der Colonel und Mrs. Bantry von nichts wissen. Die beiden sind Freunde von Ihnen, ich weiß, Sir, aber...»

Colonel Melchett bedachte ihn mit einem langen, abweisenden Blick und sagte steif: «Seien Sie versichert, dass ich jede Möglichkeit in Betracht ziehe. Jede. Die Liste als vermisst gemeldeter Personen haben Sie sich ja sicher angesehen?»

Slack nickte und zog ein maschinengeschriebenes Blatt Papier hervor.

«Ja, hier ist sie. Mrs. Saunders, sechsunddreißig, dunkles Haar, blaue Augen, vor einer Woche als vermisst gemeldet. Die ist es nicht, und außerdem weiß jeder außer ihrem Mann, dass sie mit einem aus Leeds auf und davon ist, einem Geschäftsmann. Mrs. Barnard, sechsundfünfzig. Pamela Reeves, sechzehn, gestern Abend nicht von einem Pfadfinderinnentreffen zurückgekommen, dunkelbraunes Haar, Zopf, eins fünfundsechzig groß...»

«Lassen Sie doch diese albernen Einzelheiten, Slack», unterbrach Melchett ihn gereizt. «Die Tote war kein Schulmädchen. Meiner Meinung nach...»

Das Schrillen des Telefons schnitt ihm das Wort ab. «Hallo, ja, ja, hier Polizeidirektion Much Benham – wie bitte? Augenblick...»

Er hörte zu und schrieb eilig mit.

«Ruby Keene», sagte er dann mit veränderter Stimme, «achtzehn, von Beruf Tänzerin, eins dreiundsechzig groß, schlank, platinblondes Haar, blaue Augen, Stupsnase, bekleidet vermutlich mit einem weißen pailettenbesetzen Abendkleid und silbernen Riemchenschuhen. Richtig? Wie bitte? Ja, kein Zweifel, würde ich sagen. Ich schicke sofort Slack rüber.»

Er legte auf und sah seinen Untergebenen in wachsender Erregung an. «Sieht aus, als hätten wir's. Das war die Polizei von Glenshire.» (Glenshire war die Nachbargrafschaft.) «Das Hotel Majestic in Danemouth hat eine Angestellte als vermisst gemeldet.»

«Danemouth», sagte Inspektor Slack, «das passt schon eher.» Danemouth war ein großes, vornehmes Seebad.

«Das ist nur etwa achtzehn Meilen von hier», sagte der Chief Constable. «Das Mädchen war im Majestic Eintänzerin oder so etwas. Ist gestern Abend nicht zur Arbeit erschienen – die Direktion war sehr ungehalten deswegen. Als sie heute früh immer noch nicht da war, hat eines von den anderen Mädchen oder sonst jemand Alarm geschlagen. Klingt alles etwas verworren. Sie fahren besser sofort hin, Slack. Melden Sie sich bei Superintendent Harper, und arbeiten Sie mit ihm zusammen.»

II

Tatkräftiges Handeln war immer nach Inspektor Slacks Geschmack. Im Auto losbrausen, Leuten, die darauf brannten, ihm alles Mögliche zu erzählen, barsch über den Mund fahren, unter dem Vorwand dringender Notwendigkeit Gespräche abwürgen – das war Slacks Lebenselixier.

Binnen unglaublich kurzer Zeit war er daher in Danemouth eingetroffen, hatte sich in der Polizeidirektion gemeldet und sich kurz mit dem ängstlich besorgten Hoteldirektor unterhalten, den er dann mit dem zweifelhaften Trost, bevor man Staub aufwirble, müsse man erst einmal sicherstellen, dass es sich wirklich um das Mädchen handle, hatte stehen lassen, um in Begleitung von Ruby Keenes nächster Verwandter nach Much Benham zurückzufahren.

Er hatte dem Chief Constable seine Rückkehr mit einem kurzen Anruf angekündigt, so dass dieser darauf vorbereitet war, wenn auch nicht auf sein knappes «Das ist Josie, Sir.»

Colonel Melchett maß seinen Untergebenen mit einem kühlen Blick. Hatte Slack den Verstand verloren?

Die junge Frau, kaum aus dem Wagen ausgestiegen, rettete die Situation. «Das ist mein Künstlername», erklärte sie und ließ dabei zwei Reihen kräftiger weißer Zähne aufblitzen. «Raymond und Josie nennen wir uns, mein Partner und ich, und natürlich kennen mich alle im Hotel als Josie. Eigentlich heiße ich Josephine Turner.»

Inzwischen war Colonel Melchett wieder Herr der Lage und bot Miss Turner einen Stuhl an. Während sie sich setzte, fasste er sie mit einem raschen, sachverständigen Blick ins Auge.

Sie war eine hübsche, nur schwach geschminkte junge Frau im dunklen Schneiderkostüm, den dreißig vermutlich näher als den zwanzig. Ihr Aussehen verdankte sie eher einem gekonnten Make-up als den Gaben der Natur – nicht unbedingt der Typ, den man als eine Schönheit bezeichnet hätte, aber durchaus anziehend. Sie machte einen tüchtigen, gutmütigen Eindruck und schien eine Menge gesunden Menschenverstand zu besitzen. Ihrer ängstlich erregten Miene zum Trotz wirkte sie auf den Colonel nicht eben gramgebeugt.

Nachdem sie Platz genommen hatte, sagte sie: «Es ist so furchtbar, dass man's kaum glauben kann. Meinen Sie wirklich, es ist Ruby?»

«Das werden wir wohl leider Sie fragen müssen, und ich fürchte, es wird ziemlich unangenehm für Sie werden.»

«Sieht sie – sieht sie sehr schlimm aus?», fragte Miss Turner ängstlich.

«Nun ja, ein Schock wird es schon sein.» Er reichte ihr sein Zigarettenetui, und sie bediente sich dankbar.

«Soll ich – soll ich sie mir jetzt gleich anschauen?»

«Das wäre wohl das Beste, Miss Turner. Sehen Sie, es hat wenig Zweck, dass wir Ihnen Fragen stellen, ehe wir Gewissheit haben. Am besten, wir bringen es hinter uns, meinen Sie nicht auch?»

«Gut.»

Sie fuhren zur Leichenhalle.

Josie war kreidebleich, als sie nach kurzer Zeit wieder herauskam.

«Ja, es ist Ruby», sagte sie mit zittriger Stimme. «Die Ärmste! O Gott, mir ist ganz mulmig. Kann ich vielleicht…» Sie sah sich sehnsüchtig um. «Kann ich vielleicht einen Gin haben?»

Gin war keiner da, aber Brandy, und nach ein, zwei Schlucken hatte Miss Turner die Fassung wiedererlangt.

«Nimmt einen ganz schön mit, wenn man so etwas sieht», sagte sie freimütig. «Die arme Ruby! Die Männer sind ein so brutales Pack!»

«Sie meinen, es war ein Mann?»

Josie stutzte.

«War's denn keiner? Ach so – ich dachte natürlich…»

«Denken Sie an einen bestimmten Mann?»

Sie schüttelte heftig den Kopf.

«Nein – nein. Keine Ahnung. Aber Ruby hätte es mir auch nicht gesagt, wenn…»

«Wenn was?»

«Wenn – wenn sie mit einem gegangen wäre.»

Melchett warf ihr einen interessierten Blick zu. Er schwieg, bis sie wieder in seinem Büro waren.

«So, Miss Turner», sagte er dann. «Jetzt sagen Sie mir bitte alles, was Sie wissen.»

«Ja, gut. Womit soll ich denn anfangen?»

«Erst einmal brauche ich den vollen Namen des Mädchens und ihre Adresse, dann Angaben über Ihr Verhältnis zu ihr und überhaupt alles, was Ihnen über sie bekannt ist.»

Josephine Turner nickte. Wieder fand Melchett, dass sie nicht übermäßig traurig wirkte. Sie war erschüttert und bekümmert, aber mehr nicht. Bereitwillig gab sie Auskunft.

«Sie hieß Ruby Keene – das heißt, das war ihr Künstlername. Ihr richtiger Name war Rosy Legge. Ihre Mutter ist eine Kusine von meiner Mutter. Ich kannte sie von klein auf, aber nicht sehr gut, verstehen Sie? Ich habe ziemlich viele Vettern und Kusinen – ein paar von ihnen sind Geschäftsleute, andere sind beim Theater. Ruby wollte sich nach und nach zur Tänzerin ausbilden lassen. Voriges Jahr hatte sie ein paar gute Engagements in Weihnachtsaufführungen und so. Nichts Erstklassiges, aber bei passablen Provinzensembles. Danach war sie Eintänzerin im Palais de Danse in Brixwell, im Süden von London. Ein schönes, angesehenes Haus, wo man sich um die Mädchen kümmert, aber viel Geld ist da nicht zu verdienen.» Sie schwieg einen Moment.

Colonel Melchett nickte.

«Und jetzt komme ich ins Spiel. Ich bin seit drei Jahren Tanz- und Bridgepartnerin im Majestic in Danemouth. Es ist eine gute Stelle, gut bezahlt, angenehmes Arbeitsklima. Man betreut neu angekommene Gäste – die man sich vorher natürlich genau anschaut. Manche möchten lieber in Ruhe gelassen werden, aber andere sind einsam und lassen sich gern ein bisschen auf die Sprünge helfen. Man bringt passende Bridgepartner zusammen und sorgt dafür, dass die jungen Leute miteinander tanzen. Das verlangt einiges an Feingefühl und Erfahrung.»

Wieder nickte Colonel Melchett. Das Mädchen machte seine Sache bestimmt gut. Sie hatte eine angenehme, freundliche Art, fand er, und war gescheit, ohne im mindesten altklug zu wirken.

«Und zusätzlich», fuhr Josie fort, «gebe ich zusammen mit Raymond jeden Abend zwei, drei Tanzvorstellungen. Raymond Starr – er ist als Tennis- und Tanzpartner im Hotel angestellt. Aber diesen Sommer bin ich beim Baden im Meer auf den Steinen ausgerutscht und hab mir böse den Fuß verrenkt.»

Melchett hatte bemerkt, dass sie leicht hinkte.

«Da war's erst einmal aus mit dem Tanzen, und das war schlimm. Ich wollte auf keinen Fall, dass jemand anders für mich eingestellt wird. So etwas ist gefährlich» – einen Moment lang trat ein harter, scharfer Blick in ihre gutmütigen Augen, der Blick eines Menschen, der ums Überleben kämpft – «denn plötzlich ist man weg vom Fenster. Aber da fiel mir Ruby ein, und ich habe dem Direktor vorgeschlagen, sie ins Majestic zu holen. Ich konnte weiter die Gäste betreuen, beim Bridge und so, und Ruby konnte das Tanzen übernehmen. Dann blieb es sozusagen in der Familie, verstehen Sie?»

Melchett nickte erneut.

«Der Direktor war einverstanden, ich habe Ruby telegrafiert, und sie ist gekommen. Das war *die* Chance für sie. Um Klassen besser als alles, was sie vorher gemacht hatte. Das war vor ungefähr vier Wochen.»

«Verstehe. Und – hatte sie Erfolg?»

«O ja», sagte Josie leichthin. «Sie kam sehr gut an. Sie tanzt zwar nicht so gut wie ich, aber Raymond hat ihr geschickt über die Schwierigkeiten hinweggeholfen. Und sie war hübsch, müssen Sie wissen – schlank, blond, kindliches Gesicht. Nur geschminkt hat sie sich zu stark – immer wieder hab ich ihr das gesagt. Aber Sie wissen ja, wie diese jungen Mädchen sind. Sie war erst achtzehn, und in dem Alter übertreibt man gern ein bisschen. Aber in einem erstklassigen Hotel wie dem Majestic geht das nicht. Ständig hab ich mit ihr geschimpft deswegen und ihr gesagt, sie soll sich nicht so anmalen.»

«War sie beliebt bei den Gästen?», fragte Colonel Melchett.

«Ja, sehr. Bei den älteren Herren vielleicht mehr als bei den jungen. Sie war nicht übermäßig helle.»

«Hatte sie einen speziellen Freund?»

Josie sah ihn verständnisinnig an. «Nein, nicht wie Sie's meinen. Jedenfalls weiß ich von keinem. Aber sie hätte es mir sowieso nicht gesagt.»

Melchett fragte sich, weshalb nicht – Josie machte so gar nicht den Eindruck einer gestrengen Zuchtmeisterin. Aber er sagte nur: «Würden Sie mir jetzt bitte Ihre letzte Begegnung mit Ihrer Kusine beschreiben?»

«Das war gestern Abend. Sie und Raymond gaben zwei Vorstellungen, eine um halb elf und eine um zwölf. Nach der ersten hat Ruby mit einem von den jungen Männern getanzt, die im Hotel wohnen. Ich selber habe im Gesellschaftsraum mit ein paar Leuten Bridge gespielt. Zwischen dem Gesellschaftsraum und dem Ballsaal ist eine große Glasscheibe, und durch die habe ich sie zum letzten Mal gesehen. Kurz nach Mitternacht kam Raymond fürchterlich aufgeregt zu mir und wollte wissen, wo Ruby sei. Die Vorstellung sollte anfangen, und sie war nicht da. Ich war vielleicht wütend, kann ich Ihnen sagen! Typisch für diese jungen Dinger – verderben sich's mit der Direktion, und dann fliegen sie raus! Ich bin mit Raymond in ihr Zimmer rauf, aber da war sie auch nicht. Sie hatte sich umgezogen, denn das Kleid, das sie zum Tanzen angehabt hatte – eine rosa Tüllwolke mit weiten Röcken –, hing über einem Stuhl. Normalerweise hat sie zu beiden Vorstellungen dasselbe Kleid getragen, nur mittwochs nicht, da ist im Hotel Ballabend.

Ich hatte keine Ahnung, wo sie hätte sein können. Der Kapelle haben wir gesagt, sie sollen noch einen Foxtrott spielen, und als dann immer noch keine Ruby da war, habe ich Raymond gesagt, ich springe für sie ein. Wir haben einen Tanz ausgesucht, der meinen Knöchel nicht zu sehr belastet, und haben's kurz gemacht. Trotzdem hatte ich danach wieder schlimme Schmerzen, und heute ist der Fuß ganz dick. Von Ruby keine Spur. Bis zwei sind wir noch aufgeblieben und haben auf sie gewartet. Ich hatte eine solche Wut auf sie!»

Ihre Stimme zitterte ein wenig, und Melchett hörte den Zorn deutlich heraus. Einen Moment lang wunderte er sich über diese in seinen Augen etwas übertriebene Reaktion. Er hatte das Gefühl, dass Josie ihm etwas verschwieg.

«Und heute Morgen», fragte er, «als Ruby Keene immer noch nicht zurück und ihr Bett unberührt war, da haben Sie die Polizei verständigt?»

Von Slacks kurzem Anruf aus Danemouth wusste er, dass sie es nicht getan hatte, aber er wollte die Antwort von ihr selbst hören.

«Nein», erwiderte sie, ohne zu zögern.

«Und warum nicht, Miss Turner?»

Sie sah ihn offen an und sagte: «Das hätten Sie an meiner Stelle auch nicht getan.»

«Nein?»

«Ich musste doch an meine Stellung denken. Ein Skandal ist das Letzte, was ein Hotel gebrauchen kann. Und wenn dann noch die Polizei ins Haus kommt! Ich kam auch gar nicht auf die Idee, dass Ruby etwas passiert sein könnte. Keine Sekunde! Ich dachte, sie hat sich von irgendeinem jungen Mann beschwatzen lassen und wird schon wieder auftauchen. Dann wollte ich ihr ordentlich die Meinung sagen! Mädchen in diesem Alter sind ja so unvernünftig!»

Melchett blätterte interessiert in seinen Notizen.

«Ach ja, ich sehe gerade, ein Mr. Jefferson hat die Polizei verständigt. Ein Gast?»

«Ja», erwiderte sie knapp.

«Und wieso Mr. Jefferson?»

Josie strich über ihren Ärmel. Sie wirkte irgendwie befangen. Es musste etwas geben, was sie nicht sagen wollte.

«Er ist Invalide», antwortete sie widerstrebend. «Er – er regt sich immer gleich furchtbar auf. Vielleicht gerade deshalb.»

Melchett ging zur nächsten Frage über: «Wer war der junge Mann, mit dem Ihre Kusine zuletzt getanzt hat?»

«Er heißt Bartlett. Er wohnt seit ungefähr zehn Tagen im Hotel.»

«Waren die beiden befreundet?»

«Nicht direkt, würde ich sagen. Ich weiß zumindest nichts davon.»

Wieder ein seltsam zorniger Unterton in ihrer Stimme.

«Und was sagt er?»

«Dass Ruby nach dem ersten Auftritt hinaufwollte, um sich die Nase zu pudern.»

«Und da hat sie sich dann umgezogen?»

«Ich nehm's an.»

«Und was weiter war, wissen Sie nicht? Danach ist sie einfach...»

«Verschwunden», ergänzte Josie. «Genau.»

«Kannte Miss Keene jemanden in St. Mary Mead? Oder sonst in der Gegend?»

«Ich weiß nicht. Möglich wär's schon. Es kommen ja viele junge Männer aus der Umgebung ins Majestic. Wenn sie's nicht nebenbei erwähnen würden, wüsste ich gar nicht, dass sie von hier sind.»

«Hat Ihre Kusine irgendwann einmal von Gossington gesprochen?»

«Gossington?» Josie schien völlig perplex.

«Gossington Hall.»

Sie schüttelte den Kopf.

«Nie gehört», sagte sie im Brustton der Überzeugung. Auch Neugier schwang in ihrer Stimme mit.

«In Gossington Hall», erklärte Colonel Melchett, «hat man die Leiche gefunden.»

«Auf einem Landsitz?» Sie starrte ihn an. «Das ist ja komisch!»

Kann man wohl sagen, dachte Melchett im Stillen. Laut sagte er: «Kennen Sie einen Colonel Bantry oder Mrs. Bantry?»

Wieder schüttelte Josie den Kopf.

«Und einen Mr. Basil Blake?»

Ein leichtes Stirnrunzeln.

«Ich glaub, den Namen hab ich schon mal gehört. Ja, sicher sogar. Aber ich weiß nicht mehr, in welchem Zusammenhang.»

Der eifrige Inspektor Slack schob seinem Vorgesetzten ein von seinem Notizblock abgerissenes Blatt zu. Mit Bleistift stand darauf: *Col. Bantry vorige Woche zum Dinner im Majestic.*

Melchett sah auf, und sein Blick begegnete dem des Inspektors. Er lief rot an. Slack war ein überaus fleißiger Beamter, gegen den er eine gründliche Abneigung hegte. Diese Provokation aber konnte er nicht ignorieren. Unausgesprochen warf der Inspektor ihm vor, seinen eigenen Stand zu begünstigen und einen alten Schulkameraden zu decken.

Er wandte sich wieder Josie zu.

«Würde es Ihnen etwas ausmachen, Miss Turner, mich nach Gossington Hall zu begleiten?»

Er maß den Inspektor mit einem kalten, herausfordernden Blick und überhörte dabei fast Josies gemurmelte Zustimmung.

Viertes Kapitel

I

Einen so aufregenden Vormittag hatte St. Mary Mead lange nicht mehr erlebt.

Miss Wetherby, eine spitznasige, sauertöpfische alte Jungfer, setzte die berauschende Neuigkeit in Umlauf. Sie stattete Miss Hartnell, ihrer Nachbarin und Freundin, einen Besuch ab.

«Entschuldige, dass ich so früh komme, meine Liebe, aber ich dachte, vielleicht *weißt* du es noch gar nicht?»

«Was denn?», fragte Miss Hartnell in ihrem tiefen Bass. Sie war eine Frau, die sich unermüdlich um die Armen kümmerte, sosehr diese sich ihrer Fürsorge auch zu entziehen suchten.

«Das von der Leiche in Colonel Bantrys Bibliothek – einer *weiblichen* Leiche!»

«In Colonel Bantrys *Bibliothek?*»

«Ja. Ist das nicht *schrecklich?*»

«Ach Gott, die *arme* Mrs. Bantry.» Miss Hartnell konnte ihre tiefe, glühende Freude kaum verhehlen.

«Ja, nicht wahr? Sie hat ja sicher nichts *geahnt.*»

«Weil sie zuviel an ihren Garten und zu wenig an ihren Mann denkt», tadelte Miss Hartnell. «Man muss ein Auge auf die Männer haben, und zwar ununterbrochen. Ununterbrochen», wiederholte sie grimmig.

«Wem sagst du das? Ach, es ist einfach grauenvoll.»

«Ich bin gespannt, was Miss Marple dazu sagt. Meinst du, sie hat etwas gewusst? Sie hört doch immer das Gras wachsen.»

«Jane Marple ist nach Gossington gefahren.»

«Was? Heute Morgen?»

«Ganz früh schon. Noch vor dem Frühstück.»

«Nein! Das ist ja nicht zu *fassen!* Also, *das* geht nun wirklich zu weit, finde ich. Man weiß ja, dass Jane überall ihre Nase hineinsteckt, aber *das* gehört sich nun *wirklich* nicht!»

«Mrs. Bantry hat sie aber eigens holen lassen.»

«Mrs. Bantry hat sie *holen* lassen?»

«Ja, Muswell war mit dem Wagen da.»

«Du meine Güte! Das ist ja *äußerst* merkwürdig...»

Sie schweigen eine Weile, um die Neuigkeit zu verdauen.

«Wer ist denn die Tote?», fragte Miss Hartnell schließlich.

«Du kennst doch dieses fürchterliche Frauenzimmer, das neuerdings mit Basil Blake hierher kommt?»

«Diese schreckliche Wasserstoffblonde?» Miss Hartnell war ein wenig hinter der Zeit zurück. Dass man statt wasserstoff- jetzt platinblond färbte, war ihr entgangen. «Die sich immer mit fast nichts an im Garten sonnt?»

«Genau die, meine Liebe. Da lag sie, auf dem Kaminvorleger, *erwürgt!*»

«Ich verstehe nicht ganz – in *Gossington?*»

Miss Wetherby nickte bedeutungsschwer.

«Also auch *er* – Colonel Bantry?»

Wieder nickte Miss Wetherby.

«Unfassbar!»

Eine Pause trat ein, während der sich die beiden Damen dieses neueste Stück Dorfklatsch auf der Zunge zergehen ließen.

«Diese gottlose Person!», trompetete Miss Hartnell in gerechtem Zorn.

«Ein ganz verkommenes Subjekt», stimmte Miss Wetherby ein.

«Und ausgerechnet Colonel Bantry – ein so reizender, ruhiger Mensch...»

«Die Stillen im Lande sind oft die Schlimmsten», meinte Miss Wetherby genüsslich. «Das sagt Jane Marple auch immer.»

II

Mrs. Price Ridley, eine despotische reiche Witwe, die in einem großen Haus neben dem Pfarrhaus wohnte, vernahm die Neuigkeit als eine der Letzten. Ihre Informantin war ihr kleines Dienstmädchen Clara.

«Eine *Frau*, sagst du, Clara? *Tot auf Colonel Bantrys Kaminvorleger?*»

«Ja, Madam, und sie soll keinen Faden am Leib gehabt haben, Madam!»

«Es reicht, Clara, du brauchst nicht ins Detail zu gehen.»

«Nein, Madam, und erst haben sie scheint's gedacht, es ist die Freundin von Mr. Blake, dies wo am Wochenende immer mit ihm in Mr. Brookers neues Haus kommt, aber jetzt heißt's, es ist eine ganz andere. Und der vom Fischgeschäft sagt, das hätte er von Colonel Bantry nie gedacht, wo er doch sonntags immer die Kollekte einsammelt, und überhaupt.»

«Es gibt viel Schlechtigkeit in der Welt, Clara, lass dir das eine Warnung sein.»

«Ja, Madam. Meine Mutter, die würde mich auch nie wo arbeiten lassen, wo ein Mann im Haus ist.»

«Es *reicht*, Clara», sagte Mrs. Price Ridley.

III

Von Mrs. Price Ridley zum Pfarrhaus waren es nur ein paar Schritte. Mrs. Price Ridley hatte Glück: Sie traf den Pfarrer in seinem Arbeitszimmer an.

Der Pfarrer, ein sanftmütiger Mann mittleren Alters, war stets der Letzte, der etwas erfuhr.

«Es ist entsetzlich, einfach entsetzlich.» Mrs. Price Ridley war etwas außer Atem, denn sie war ziemlich schnell gegangen. «Ich musste einfach kommen, lieber Herr Pfarrer, ich brauche Ihren Rat, ich möchte hören, wie *Sie* darüber denken.»

Mr. Clement sah sie leise beunruhigt an.

«Was ist denn passiert?», fragte er.

«Was *passiert* ist?», wiederholte Mrs. Price Ridley voller Dramatik. «Etwas ganz Ungeheuerliches! Ein Skandal! Und niemand hat etwas geahnt. Ein ehrloses Frauenzimmer, vollständig unbekleidet, erwürgt auf Colonel Bantrys Kaminvorleger!»

Der Pfarrer starrte sie an.

«Ist Ihnen – ist Ihnen nicht gut?»

«Kein Wunder, dass Sie es nicht glauben können! Mir ging es ganz genauso. Dieser Heuchler! Und das über Jahre!»

«Erzählen Sie mir doch bitte einmal ganz genau, was eigentlich vorgefallen ist.»

Mrs. Price Ridley stürzte sich in einen wortreichen Bericht. Als sie geendet hatte, sagte Mr. Clement milde: «Wenn ich es recht sehe, gibt es keinerlei Hinweise darauf, dass Colonel Bantry in die Sache verwickelt ist.»

«Wie weltfremd Sie sind, lieber Herr Pfarrer! Aber ich muss Ihnen eine kleine Geschichte erzählen. Letzten Donnerstag – oder war es der Donnerstag davor? Na, nicht so wichtig. Ich fuhr mit dieser günstigen Tagesrückfahrkarte nach London, und Colonel Bantry saß im selben Abteil. Er wirkte ausgesprochen geistesabwesend, fand ich. Und fast die *ganze* Fahrt über hat er sich hinter der *Times* versteckt. Als wollte er nicht angesprochen werden, verstehen Sie?»

Des Pfarrers Nicken drückte vollstes Verständnis und einen Hauch von Mitgefühl aus.

«In Paddington habe ich mich von ihm verabschiedet. Er erbot sich, mir ein Taxi zu besorgen, aber ich wollte mit dem Bus zur Oxford Street. Er selbst ist in ein Taxi gestiegen, und ich habe genau gehört, welche Adresse er dem Fahrer genannt hat. Und was *glauben* Sie, welche?»

Mr. Clement schaute sie fragend an.

«Eine Adresse in *St. John's Wood!*»

Mrs. Price Ridley hielt triumphierend inne. Der Pfarrer verharrte in völligem Unverständnis.

«Das ist der Beweis, wenn Sie mich fragen», erklärte Mrs. Price Ridley.

IV

In Gossington saßen Mrs. Bantry und Miss Marple im Salon.

«Ich kann mir nicht helfen», sagte Mrs. Bantry, «aber ich bin heilfroh, dass die Tote weggebracht worden ist. Eine Leiche hat man ja nun *wirklich* nicht gern im Haus.»

Miss Marple nickte.

«Allerdings. Das kann ich dir lebhaft nachfühlen, meine Liebe.»

«Wohl kaum. So etwas muss man selbst erlebt haben. Ich weiß, bei dir im Nachbarhaus war auch mal eine, aber das ist was anderes. Ich hoffe nur, Arthur fasst jetzt nicht eine Abneigung gegen die Bibliothek. Wir sitzen doch so gern darin. Was ist denn, Jane?»

Miss Marple hatte sich mit einem Blick auf ihre Armbanduhr erhoben.

«Ich werde dann wohl wieder gehen. Wenn du mich nicht mehr brauchst...»

«Bleib doch noch», sagte Mrs. Bantry. «Die Fotografen und die Leute, die die Fingerabdrücke genommen haben, sind zwar weg und die Polizisten auch fast alle, aber irgendwie hab ich das Gefühl, es passiert noch etwas. Und das willst du ja sicher nicht versäumen.»

Das Telefon klingelte, und sie ging an den Apparat. Strahlend kam sie zurück.

«Hab ich's dir nicht gesagt? Das war Colonel Melchett. Er kommt mit der Kusine des armen Mädchens her.»

«Ich frage mich, warum», sagte Miss Marple.

«Damit sie sieht, wo es passiert ist, und so weiter, nehme ich an.»

«Da muss doch mehr dahinter stecken», meinte Miss Marple.

«Wieso – was denn?»

«Vielleicht – vielleicht will er sie ja mit Colonel Bantry zusammenbringen.»

«Um zu sehen, ob sie ihn kennt?», fragte Mrs. Bantry scharf.

«Hm, ja – wenn ich's mir recht überlege … Sie *müssen* Arthur ja verdächtigen.»

«Ich fürchte, ja.»

«Als ob er irgendetwas damit zu tun haben könnte!»

Miss Marple schwieg. Mrs. Bantry sah sie vorwurfsvoll an.

«Komm mir jetzt nur nicht mit General Henderson oder einem anderen alten Scheusal, das ein Verhältnis mit seinem Hausmädchen hatte. So einer ist Arthur nicht.»

«Nein, nein, natürlich nicht.»

«Wirklich nicht, Jane. Manchmal, wenn hübsche junge Mädchen zum Tennis kommen, benimmt er sich zwar ein bisschen albern, du weißt schon, so onkelhaft, aber das ist völlig harmlos. Es sei ihm auch gegönnt. Schließlich», schloss Mrs. Bantry hintergründig, «habe ich ja den Garten.»

Miss Marple lächelte.

«Nun mach dir mal keine Sorgen, Dorothy», sagte sie.

«Das möchte ich auch gar nicht. Aber ein bisschen unruhig ist man eben doch. Arthur auch. Die Sache hat ihn ziemlich mitgenommen. Die vielen Polizisten, die hier herumgestöbert haben … Er ist aufs Gut hinausgefahren. Nach den Schweinen zu sehen und dergleichen beruhigt ihn immer, wenn er sich aufgeregt hat. Ach, da sind sie ja schon.»

Der Wagen des Polizeichefs fuhr draußen vor.

Colonel Melchett trat in Begleitung einer schick angezogenen jungen Frau herein.

«Mrs. Bantry, das ist Miss Turner, die Kusine der – äh – des Opfers.»

Mrs. Bantry ging ihr mit ausgestreckter Hand entgegen. «Guten Tag», sagte sie. «Das alles muss ja wirklich furchtbar für Sie sein.»

«Ist es auch», erwiderte Josephine Turner freimütig. «Ganz unwirklich kommt es mir vor. Wie ein böser Traum.»

Mrs. Bantry stellte Miss Marple vor.

«Ist der Herr Gemahl zu Hause?», fragte Colonel Melchett beiläufig.

«Er musste aufs Gut, wird aber bald zurück sein.»

«Ach –» Melchett schien ratlos.

«Möchten Sie sehen, wo – wo es passiert ist?», wandte sich Mrs. Bantry an Josie. «Oder lieber nicht?»

Josephine schwieg einen Augenblick und sagte dann: «Ja – doch.»

Mrs. Bantry führte sie in die Bibliothek. Miss Marple und Melchett folgten den beiden.

«Da hat sie gelegen.» Mit theatralischer Gebärde wies Mrs. Bantry auf die Stelle. «Auf dem Kaminvorleger.»

«O Gott!» Josie schauderte, schien aber auch etwas verwundert. Sie runzelte die Stirn.

«Ich verstehe das nicht!», rief sie. «Ich versteh's einfach nicht!»

«Wir auch nicht, beim besten Willen nicht», sagte Mrs. Bantry.

«In so einer Umgebung würde man doch nie...» Josie brach ab.

Miss Marples leises Nicken drückte Zustimmung zu dem unausgesprochenen Gedanken aus.

«Das», murmelte sie, «macht die Sache so ungemein interessant.»

«Na, kommen Sie, Miss Marple», sagte Colonel Melchett aufgeräumt, «Sie haben doch bestimmt eine Erklärung.»

«O ja», erwiderte Miss Marple, «durchaus. Eine ziemlich plausible sogar. Aber das ist nur so eine Idee. Tommy Bond und Mrs. Martin, die neue Lehrerin. Als sie die Uhr aufziehen wollte, sprang ein Frosch heraus.»

Josephine Turner schaute verständnislos drein. Im Hinausgehen fragte sie Mrs. Bantry leise: «Die alte Dame ist wohl etwas wirr im Kopf?»

«Keineswegs», entgegnete Mrs. Bantry indigniert.

«Verzeihung. Ich dachte, sie hält sich vielleicht selbst für einen Frosch oder so.»

In diesem Augenblick ging die Seitentür auf, und Colonel Bantry trat ein. Melchett winkte ihn heran, und während er ihn mit Josephine Turner bekannt machte, beobachtete er die junge Frau. Ihre Miene verriet keinerlei Interesse oder Wiedererkennen. Melchett atmete erleichtert auf. Zum Teufel mit Slack und seinen Unterstellungen!

Auf Mrs. Bantrys Fragen sprudelte Josie die Geschichte von Ruby Keenes Verschwinden hervor.

«Haben Sie sich da nicht furchtbare Sorgen gemacht, meine Liebe?», fragte Mrs. Bantry.

«Ich war eher wütend. Ich wusste ja noch nicht, dass ihr etwas zugestoßen war.»

«Und trotzdem», sagte Miss Marple, «haben Sie die Polizei verständigt. War das nicht – nehmen Sie's mir nicht übel – etwas voreilig?»

«Aber das hab ich gar nicht», erklärte Josie bereitwillig. «Mr. Jefferson hat die Polizei verständigt.»

«Mr. Jefferson?»

«Ja. Ein Gast im Majestic, er ist Invalide.»

«Doch nicht *Conway* Jefferson? Aber den kennen wir ja! Das ist ein alter Freund von uns. Arthur, hör doch, Conway Jefferson wohnt im Majestic, und er war's, der die Polizei verständigt hat. So ein Zufall!»

«Letzten Sommer war Mr. Jefferson auch hier», sagte Josephine Turner.

«Na, so was! Und wir wussten gar nichts davon! Eine Ewigkeit ist das her, seit wir ihn zuletzt gesehen haben. Wie geht es ihm denn so?»

Josie überlegte.

«Sehr gut, glaube ich – ja, sehr gut. Wenn man die Umstände bedenkt. Er ist immer vergnügt, immer zum Scherzen aufgelegt.»

«Ist er mit seiner Familie hier?»

«Mit Mr. Gaskell, meinen Sie? Und der jungen Mrs. Jefferson? Und Peter? O ja.»

Irgendetwas hemmte Josephine Turners sonst so gewinnende Offenheit. Wenn sie von den Jeffersons sprach, klang ihre Stimme ein wenig unnatürlich.

«Reizend, die beiden, nicht wahr?», sagte Mrs. Bantry. «Die Jungen, meine ich.»

«Doch, ja», kam Josies zögernde Antwort. «Sehr nett. Ich – wir – doch, wirklich.»

V

Mrs. Bantry sah durchs Fenster dem Wagen des Chief Constable nach. «Was mag sie damit gemeint haben, Jane?», fragte sie. «Mit diesem ‹doch, wirklich›. Da muss doch irgendetwas…»

Miss Marple unterbrach sie ungeduldig: «Allerdings, meine Liebe, ganz ohne Zweifel. Das ist ja nicht zu übersehen! Als von den Jeffersons die Rede war, hat sie sich schlagartig verändert. Bis dahin wirkte sie doch recht natürlich.»

«Und was glaubst du, warum, Jane?»

«Nun, *du* kennst die Leute, meine Liebe, nicht ich. Ich spüre nur, dass irgendetwas, wie du sagst, an ihnen sein muss, was die junge Frau beunruhigt. Aber sag mal: Erinnerst du dich an ihre Antwort auf deine Frage, ob sie sich Sorgen um ihre verschwundene Kusine gemacht hat? Sie sei wütend gewesen, hat sie gesagt. Und genauso hat sie auch ausgesehen – richtig wütend! Interessant, nicht wahr? Ich habe das Gefühl – vielleicht irre ich mich ja –, dass sie hauptsächlich mit Wut auf den Tod ihrer Kusine reagiert hat. Sie mochte sie nicht, soviel ist sicher. Sie trauert nicht im mindesten um sie. Der Gedanke an Ruby Keene macht sie nur wütend, das steht für mich einwandfrei fest. Das Interessante daran ist, dass – was hast du denn?»

«Wir werden es herausfinden!», rief Mrs. Bantry. «Wir fahren nach Danemouth und mieten uns im Majestic ein – ja, Jane, du auch. Ich brauche einen Tapetenwechsel, nach allem, was hier passiert ist. Ein paar Tage im Majestic, das ist genau das Richtige für uns. Und du lernst Conway Jefferson kennen. Eine Seele von Mensch! Grauenvoll, was er durchgemacht hat. Er hatte einen Sohn und eine Tochter, die er innig geliebt hat, ebenso wie seine Frau, eine ganz reizende Person. Die Kinder waren beide verheiratet, haben sich aber noch sehr viel bei den Eltern aufgehalten. Eines Tages sind bei einem Flugzeugabsturz auf dem Rückflug von Frankreich alle außer ihm ums Leben gekommen: der Pilot, Mrs. Jefferson, Rosamund und Frank. Conway selbst war so schwer verletzt, dass ihm beide Beine amputiert werden mussten. Aber er hat sich großartig gehalten – dieser Lebensmut, diese Energie! Er war früher ein sehr aktiver Mann, und jetzt ist er ein hilfloser Krüppel, aber er klagt nie. Seine Schwiegertochter lebt mit Peter Carmody, ihrem Sohn aus erster Ehe, bei ihm – sie war Witwe, als Frank sie geheiratet hat. Und auch Mark Gaskell, Rosamunds Mann, hält sich die meiste Zeit dort auf. Es war eine Tragödie!»

«Und jetzt», sagte Miss Marple, «wieder eine Tragödie...»

«Ja, nicht wahr? Aber das hat nichts mit den Jeffersons zu tun.»

«Nein? Immerhin hat Mr. Jefferson die Polizei verständigt.»

«Richtig... Das ist in der Tat merkwürdig, Jane...»

Fünftes Kapitel

I

Colonel Melchett hatte einen zutiefst aufgewühlten Hoteldirektor vor sich. Ebenfalls anwesend waren Superintendent Harper, der Polizeichef von Glenshire, und der unvermeidliche Inspektor Slack, Letzterer ziemlich verschnupft, weil der Chief Constable den Fall an sich gerissen hatte.

Superintendent Harper neigte dazu, den tränennahen Mr. Prestcott mit Samthandschuhen anzufassen, Colonel Melchett tendierte eher zu rücksichtsloser Härte.

«Was passiert ist, ist passiert», sagte er scharf. «Das Mädchen ist tot – erwürgt. Sie können von Glück sagen, dass es nicht in Ihrem Hotel passiert ist. Die Untersuchung findet in einer anderen Grafschaft statt, also besteht für den Ruf Ihres Hauses kaum eine Gefahr. Aber gewisse Ermittlungen müssen nun einmal durchgeführt werden, und zwar je eher, desto besser. Auf unsere Diskretion können Sie sich verlassen. Ich schlage also vor, Sie lassen das Herumgerede und kommen zur Sache. Was genau wissen Sie von Ruby Keene?»

«Nichts weiß ich von ihr, rein gar nichts. Josie hat sie hierher gebracht.»

«Und Josie ist schon länger hier?»

«Zwei Jahre – nein, drei.»

«Mögen Sie sie?»

«Ja, Josie ist ein anständiges Mädchen, ein nettes Mädchen. Sehr tüchtig. Geschickt im Umgang mit den Leuten, glättet Differenzen – Sie wissen ja, Bridge ist ein etwas heikles Spiel...»

Colonel Melchett nickte wissend. Seine Frau war eine leidenschaftliche, aber miserable Bridgespielerin.

«Josie versteht es wunderbar, Unstimmigkeiten auszuräumen», fuhr Mr. Prestcott fort. «Sie kann sehr gut mit Menschen umgehen – freundlich, aber entschieden, wenn Sie verstehen, was ich meine.»

Wieder nickte Melchett. Jetzt wusste er, woran ihn Josephine Turner erinnerte. Trotz ihrer schicken Aufmachung hatte sie entschieden etwas von einem Kindermädchen an sich.

«Und ich bin auf sie angewiesen», fuhr Mr. Prestcott fort. Sein Gesicht legte sich in kummervolle Falten. «Was muss sie auch so blödsinnig auf glitschigen Steinen herumturnen? Wir haben hier doch einen schönen Strand! Warum kann sie nicht da baden? Rutscht aus und bricht sich den Knöchel! Das war nicht fair, mir und dem Hotel gegenüber! Ich bezahle sie schließlich dafür, dass sie tanzt und Bridge spielt und die Leute bei Laune hält, und nicht dafür, dass sie an einem Felsenstrand badet und sich den Knöchel bricht. Eine Tänzerin muss doch auf ihre Knöchel achten und darf kein Risiko eingehen. Ich bin sehr ungehalten!»

Colonel Melchett unterbrach die Tirade des Direktors.

«Und da hat Josie vorgeschlagen, das Mädchen herzuholen, ihre Kusine?»

«Richtig», antwortete Prestcott unwirsch. «Das schien mir recht vernünftig. Mehr Geld wollte ich allerdings nicht ausgeben. Das Mädchen bekam Kost und Logis, über das Geld mussten sich die beiden untereinander einigen. So wurde das geregelt. *Ich* wusste von dem Mädchen überhaupt nichts.»

«Aber sie hat sich bewährt?»

«Durchaus, da gab es nichts zu beanstanden. Sie war zwar sehr jung und von der Aufmachung her etwas gewöhnlich für ein Haus wie unseres, aber sie hatte eine nette Art, ruhig und wohlerzogen. Gute Tänzerin. Die Leute mochten sie.»

«Hübsch?»

Eine Frage, die beim Anblick des blau geschwollenen Gesichts nicht zu beantworten gewesen war.

Mr. Prestcott überlegte.

«Es geht so. Etwas wieselhaft, wenn Sie verstehen, was ich meine. Hätte ohne Make-up nicht viel hergemacht. Aber so sah sie recht reizvoll aus.»

«Sind viele junge Männer um sie herumscharwenzelt?»

«Ich weiß, worauf Sie hinauswollen, Sir», Mr. Prestcott wurde wieder unruhig. «Also, *ich* habe nichts bemerkt. Nichts Besonderes jedenfalls. Ein paar von den Jungen sind ständig um sie herumgestrichen, aber alles ganz harmlos. Nichts in Richtung Erwürgen, würde ich sagen. Sie hat es auch mit älteren Leuten gut verstanden, hat so unbefangen drauflosgeplappert – ganz kindlich, wenn Sie verstehen, was ich meine. Die Herrschaften fanden das amüsant.»

«Mr. Jefferson auch?», fragte Superintendent Harper mit tiefer, melancholischer Stimme.

Der Direktor bejahte.

«Gerade an Mr. Jefferson hatte ich dabei gedacht. Sie war viel mit ihm und seiner Familie zusammen. Manchmal hat er sie auch auf Autofahrten mitgenommen. Mr. Jefferson hat gern junge Leute um sich und ist sehr nett zu ihnen. Verstehen Sie mich bitte nicht falsch. Als Invalide hat er nicht viel Bewegungsfreiheit, nur soweit sein Rollstuhl es zulässt. Aber er sieht es immer gern, wenn junge Leute sich vergnügen – schaut ihnen beim Tennis und beim Baden zu und dergleichen –, und er gibt hier im Haus Gesellschaften für sie. Er liebt die Jugend, und er ist keineswegs verbittert, wie man erwarten könnte. Ein sehr beliebter Herr und ein Mann von Charakter, würde ich sagen.»

«Und für Ruby Keene hat er sich interessiert?»

«Er fand ihr Geplauder amüsant, nehme ich an.»

«Haben seine Verwandten seine Vorliebe für sie geteilt?»

«Sie waren immer ausgesprochen freundlich zu ihr.»

Harper fragte: «Und Mr. Jefferson war es also, der Ruby bei der Polizei als vermisst gemeldet hat?»

Er stellte die Frage in einem bewusst viel sagenden, vorwurfsvollen Ton, auf den der Direktor auch prompt reagierte.

«Versetzen Sie sich doch einmal in meine Lage, Mr. Harper. Ich habe nicht im Traum daran gedacht, dass irgendetwas nicht in Ordnung sein könnte. Bis Mr. Jefferson zu mir kam, in heller Aufregung. Das Mädchen sei über Nacht ausgeblieben, schon zu ihrem letzten Tanz sei sie nicht erschienen, sie müsse irgendwohin gefahren und möglicherweise verunglückt sein. Man müsse sofort die Polizei verständigen! Nachforschungen anstellen! Völlig außer sich war er und reichlich anmaßend. Er hat dann gleich von meinem Büro aus die Polizei gerufen.»

«Ohne Miss Turner zu fragen?»

«Ja, und dass Josie nicht sehr erbaut davon war, hat man ihr angesehen. Sie war wütend über die ganze Sache, wütend auf Ruby, meine ich. Aber was sollte sie machen?»

«Am besten», sagte Melchett, «wir unterhalten uns einmal mit Mr. Jefferson persönlich, was, Harper?»

Superintendent Harper war einverstanden.

II

Mr. Prestcott ging mit ihnen in Conway Jeffersons Suite hinauf. Sie lag im ersten Stock, mit Blick aufs Meer.

«Lässt sich's offenbar gut gehen», sagte Melchett beiläufig. «Reicher Mann?»

«Ja, sehr wohlhabend, glaube ich. Da wird an nichts gespart. Die besten Zimmer, Essen meist *à la carte*, teure Weine – alles vom Feinsten.»

Melchett nickte.

Mr. Prestcott klopfte an, und eine Frauenstimme sagte: «Herein!»

Der Direktor trat ein, und die anderen folgten ihm.

«Verzeihen Sie die Störung, Mrs. Jefferson», sagte er in bedauerndem Ton zu der Frau, die ihnen von ihrem Platz am Fenster aus entgegensah. «Aber die Herren sind von der Polizei und hätten gern ein paar Worte mit Mr. Jefferson gewechselt. Äh, Colonel Melchett, Superintendent Harper, Inspektor, äh, Slack – Mrs. Jefferson.»

Mrs. Jefferson quittierte die Vorstellung mit einem Neigen des Kopfes.

Eine unscheinbare Person, war Melchetts erster Eindruck. Doch als ein leichtes Lächeln auf ihre Lippen trat und sie zu reden anfing, änderte er seine Meinung. Sie hatte eine außerordentlich charmante, sympathische Art zu sprechen und schöne, klare haselnussbraune Augen. Sie war dezent, aber nicht unvorteilhaft gekleidet und musste seiner Schätzung nach Mitte dreißig sein.

«Mein Schwiegervater schläft gerade», sagte sie. «Er ist ohnehin nicht der Kräftigste, und diese Sache hat ihn furchtbar mitgenommen. Wir mussten den Arzt rufen, und der hat ihm ein Beruhigungsmittel gegeben. Sobald er aufwacht, wird er sich sicher gern mit Ihnen unterhalten. Kann *ich* Ihnen vielleicht solange weiterhelfen? Möchten Sie nicht Platz nehmen?»

Mr. Prestcott, auf Flucht bedacht, fragte Colonel Melchett: «Nun, äh, wenn ich sonst nichts mehr für Sie tun kann...» Er zog sich dankbar zurück.

Kaum hatte sich die Tür hinter ihm geschlossen, lockerte sich die Stimmung. Adelaide Jefferson besaß die Gabe, eine ruhige, entspannte Atmosphäre zu schaffen. Sie war eine Frau, die zwar selbst nichts Bemerkenswertes von sich gab, es aber verstand, andere zum Reden zu ermuntern und ihnen die Befangenheit zu nehmen. Auch jetzt traf sie den richtigen Ton.

«Das war für uns alle ein furchtbarer Schock», sagte sie. «Wir waren sehr häufig mit dem armen Mädchen zusammen, müssen Sie wissen. Irgendwie können wir es noch gar nicht glauben. Mein Schwiegervater ist völlig außer sich. Er hatte Ruby sehr gern.»

«Wie ich höre, hat Mr. Jefferson ihr Verschwinden der Polizei gemeldet?», fragte Colonel Melchett.

Er wollte sehen, wie sie darauf reagierte. Einen Moment lang glomm Ärger in ihren Augen auf – oder war es Besorgnis? Was genau, hätte er nicht zu sagen gewusst, aber etwas war da, und er hatte das deutliche Gefühl, dass sie sich gleichsam für eine unangenehme Aufgabe wappnen musste, ehe sie fortfuhr.

«So ist es», sagte sie. «In seinem Zustand regt er sich leicht auf und macht sich immer gleich Sorgen. Wir haben versucht, ihn zu beruhigen: Es sei alles in Ordnung, es gebe sicher eine ganz harmlose Erklärung, das Mädchen selbst würde bestimmt nicht wollen, dass man die Polizei ruft – aber er hat darauf bestanden. Nun ja», schloss sie mit einer vagen Handbewegung, «er hatte Recht, und wir hatten Unrecht.»

«Wie gut kannten Sie Ruby Keene, Mrs. Jefferson?», fragte Melchett.

Sie dachte einen Moment nach.

«Schwer zu sagen. Mein Schwiegervater mag junge Menschen sehr und hat sie gerne um sich. Ruby war ein ganz neuer Typ für ihn, ihr Geplauder hat ihn amüsiert und interessiert. Sie war hier im Hotel oft mit uns zusammen, und manchmal hat mein Schwiegervater sie auf Autofahrten mitgenommen.»

Das alles klang recht unverbindlich. Sie könnte mehr sagen, wenn sie wollte, dachte Melchett im Stillen.

«Würden Sie mir nun bitte so genau wie möglich schildern, was gestern Abend vorgefallen ist?», fragte er.

«Gern, aber ich fürchte, es wird Ihnen nicht viel weiterhelfen. Nach dem Dinner saß Ruby mit uns im Gesellschaftsraum, auch noch, als man schon angefangen hatte zu tanzen. Wir wollten Bridge spielen, mussten aber noch auf Mark warten, Mark Gaskell, mein Schwager – er war mit Mr. Jeffersons Tochter verheiratet. Er hatte noch ein paar wichtige Briefe zu schreiben, und Josie, die als Vierte mitspielen wollte, war auch noch nicht da.»

«Haben Sie oft zusammen gespielt?»

«Ziemlich oft. Josie ist eine hervorragende Bridgespielerin und eine sehr nette Frau. Mein Schwiegervater spielt leidenschaftlich gern und versucht immer, Josie als Vierte zu bekommen statt irgendjemand Außenstehenden. Da sie hier im Hotel die Bridgepartner zusammenbringen muss, geht das natürlich nicht immer, aber sie spielt mit uns, sooft sie kann.» Ihre Augen lächelten leise. «Mein Schwiegervater lässt eine Menge Geld im Hotel, und deshalb sieht die Direktion es gern, wenn Josie uns bevorzugt.»

«Mögen Sie Josie?», fragte Melchett.

«Ja. Sie ist immer fröhlich und guter Dinge, sie ist tüchtig und scheint ihren Beruf zu lieben. Allzu gebildet ist sie nicht, aber intelligent, und – ja – sie ist immer sie selbst, natürlich und unaffektiert.»

«Bitte fahren Sie fort, Mrs. Jefferson.»

«Also, wie gesagt: Josie war noch beschäftigt, und Mark schrieb seine Briefe, und so saß Ruby etwas länger bei uns als sonst. Wir haben uns unterhalten, und als Josie kam, musste Ruby gehen, um ihren ersten Solotanz mit Raymond zu absolvieren – Raymond ist hier als Tanz- und Tennispartner angestellt. Danach kam sie an unseren Tisch zurück, gleichzeitig mit Mark, aber sie ging bald wieder, um mit einem jungen Mann zu tanzen, und wir vier fingen unsere Bridgepartie an.»

Sie hielt inne und machte eine hilflose kleine Handbewegung.

«Das ist alles, was ich weiß! Ganz kurz habe ich sie noch tanzen sehen, aber Sie wissen ja, Bridge absorbiert einen völlig, und ich habe kaum einmal durch die Scheibe in den Ballsaal hinübergeschaut. Um Mitternacht kam Raymond dann ganz aufgeregt zu Josie und wollte wissen, wo Ruby sei. Josie hat natürlich versucht, ihn zum Schweigen zu bringen, aber…»

«Wieso ‹natürlich›, Mrs. Jefferson?», unterbrach Superintendent Harper sie mit seiner leisen Stimme.

«Nun ja…» Sie zögerte, ein wenig ungehalten, wie dem Colonel schien. «Josie wollte kein Aufsehen. Sie fühlte sich in gewisser Weise verantwortlich für ihre Kusine. Sie meinte, Ruby sei wahrscheinlich auf ihrem Zimmer, sie hätte etwas von Kopfschmerzen gesagt … Ich glaube übrigens nicht, dass das stimmt, sie wollte Ruby nur entschuldigen. Raymond ging hinaus, um bei Ruby oben anzurufen, aber sie war offenbar nicht da, und er kam ganz aufgelöst zurück – er regt sich sehr leicht auf, müssen

Sie wissen. Josie hat ihm gut zugeredet und ist mit ihm weggegangen, und schließlich hat sie an Rubys Stelle mit ihm getanzt. Wirklich tapfer von ihr, denn danach hatte sie wieder Schmerzen im Fuß, das sah man. Nach der Vorstellung kam sie an unseren Tisch zurück und hat versucht, Mr. Jefferson zu beruhigen. Er war inzwischen ganz verstört, aber schließlich konnten wir ihn überreden, zu Bett zu gehen. Wir haben ihm gesagt, Ruby habe wahrscheinlich mit irgendjemandem eine Spritztour unternommen und sie hätten eine Reifenpanne gehabt. Er ist voller Sorge schlafen gegangen, und heute Morgen hat er dann sofort die Polizei gerufen.» Sie schwieg einen Moment. «Den Rest kennen Sie ja.»

«Vielen Dank, Mrs. Jefferson. Und jetzt möchte ich Sie fragen, ob Sie eine Ahnung haben, wer der Täter sein könnte.»

«Nein, nicht die leiseste», antwortete sie prompt. «Da kann ich Ihnen leider gar nicht weiterhelfen.»

«Hat das Mädchen nicht irgendetwas gesagt?», drängte Melchett. «Von Eifersucht? Von einem Mann, vor dem sie Angst hatte? Oder mit dem sie eine intime Beziehung hatte?»

Adelaide Jefferson schüttelte zu jeder Frage nur den Kopf. Sie schien nichts mehr zur Aufklärung des Falles beitragen zu können.

Der Superintendent schlug vor, zunächst George Bartlett zu verhören und später noch einmal wiederzukommen, um mit Mr. Jefferson zu sprechen. Colonel Melchett war einverstanden, und nachdem Mrs. Jefferson versprochen hatte, Bescheid zu geben, wenn Mr. Jefferson aufgewacht sei, gingen die drei Männer.

«Nette Frau», sagte der Colonel, als sie die Tür hinter sich schlossen.

«Ja, wirklich, eine ausgesprochen nette Dame», pflichtete Superintendent Harper bei.

III

George Bartlett war ein dünner, schlaksiger Jüngling mit vorstehendem Adamsapfel, der ungeheure Schwierigkeiten hatte, sich verständlich auszudrücken. Er war so aufgeregt, dass es kaum möglich war, ihm eine klare Aussage zu entlocken.

«Furchtbar, das Ganze, was? Man liest so was ja immer in der Zeitung, aber wer denkt schon, dass es wirklich passiert?»

«Leider besteht kein Zweifel, Mr. Bartlett», sagte der Superintendent.

«Nein, nein, natürlich nicht, aber komisch ist es schon. Und gar nicht weit von hier – war's nicht auf irgendeinem Landsitz? Alles piekfein und so. Hat in der Gegend sicher viel Staub aufgewirbelt, was?»

Colonel Melchett griff ein.

«Wie gut kannten Sie die Tote, Mr. Bartlett?»

George Bartlett riss erschrocken die Augen auf.

«Oh, äh, gar nicht gut, Sir. Ich hab sie überhaupt kaum gekannt, sozusagen. Hab ein paar Mal mit ihr getanzt, ein bisschen geplaudert, ein bisschen Tennis gespielt – Sie wissen ja.»

«Sie waren der Letzte, der sie gestern Abend lebend gesehen hat?»

«Ja, sieht so aus – klingt schrecklich, was? Da war sie noch völlig in Ordnung, gesund und munter.»

«Um wie viel Uhr war das, Mr. Bartlett?»

«Ach wissen Sie, ich achte nicht so auf die Zeit. War noch nicht spät, sozusagen.»

«Sie haben mit ihr getanzt?»

«Ja, äh, ich – ja, hab ich. Aber noch ziemlich früh am Abend. Das war direkt nach ihrer Vorführung mit diesem Raymond. Muss so zehn, halb elf, elf gewesen sein, ich weiß es nicht mehr.»

«Gut, lassen wir das, das lässt sich ja feststellen. Jetzt schildern Sie uns bitte ganz genau, was sich gestern Abend abgespielt hat.»

«Also, wie gesagt, wir haben miteinander getanzt. Ein großer Tänzer bin ich ja nicht...»

«Wie Sie tanzen, tut nichts zur Sache, Mr. Bartlett.»

George Bartlett sah den Colonel erschrocken an und stotterte: «Nein, äh, n-n-nein, natürlich nicht. Wir haben also getanzt und getanzt, und ich hab geredet, aber Ruby hat nicht viel gesagt und sogar ein bisschen gegähnt. Ich bin, wie gesagt, kein besonderer Tänzer, und deswegen sind die Mädchen – na ja – nicht so wild drauf, mit mir zu tanzen, sozusagen. Ruby hat behauptet, sie hätte Kopfweh, und so was braucht man mir nicht zweimal zu sagen. Na gut, hab ich gesagt, habe die Ehre – und das war's dann.»

«Und wann haben Sie sie zuletzt gesehen?»

«Als sie die Treppe rauf ist.»

«Und sie hat nichts davon gesagt, dass sie jemanden sprechen muss? Oder noch wegfahren will? Oder eine Verabredung hat?»

Bartlett schüttelte den Kopf.

«Zu mir nicht.» Er machte ein ganz betrübtes Gesicht. «Hat mich einfach weggeschickt.»

«Was für einen Eindruck hat sie denn gemacht? Ängstlich, zerstreut, so als wäre sie in Gedanken woanders?»

George Bartlett dachte einen Moment nach und schüttelte von neuem den Kopf.

«Etwas gelangweilt. Hat gegähnt, wie gesagt. Das war alles.»

«Und was haben Sie dann gemacht, Mr. Bartlett?», fragte Colonel Melchett.

«Hm?»

«Was Sie gemacht haben, nachdem Ruby Keene gegangen war.»

George Bartlett starrte ihn offenen Mundes an.

«Ich? Ja – was hab ich eigentlich gemacht?»

«Das wollten wir eigentlich von Ihnen hören.»

«Schon gut, schon gut. Gar nicht so einfach, sich an so was zu erinnern, was? Mal überlegen. Würde mich nicht wundern, wenn ich in die Bar gegangen wäre und was getrunken hätte.»

«Und *sind* Sie in die Bar gegangen?»

«Ja, ja, das schon. Ich war in der Bar, aber ich glaub, nicht gleich. Erinnere mich dunkel, dass ich raus bin. Bisschen frische Luft schnappen. Ziemlich schwül für September. War sehr schön draußen. Ja, genau, so war's. Ich bin eine Weile rumspaziert, dann bin ich wieder rein, hab was getrunken und bin dann in den Ballsaal zurück. War nicht viel los. Diese – wie heißt sie noch –, diese Josie war wieder da und hat mit dem Tennisknaben getanzt. War krank gewesen, verstauchter Fuß oder so.»

«Das heißt, Sie waren um Mitternacht wieder im Hotel. Gehe ich also recht in der Annahme, dass Sie über eine Stunde draußen spazieren gegangen sind?»

«Ich hatte was getrunken, verstehen Sie? Ich hab – äh, ich hab nachgedacht», sagte George Bartlett, eine Äußerung, die noch skeptischer aufgenommen wurde als alle anderen zuvor.

«Worüber haben Sie denn nachgedacht?», fragte Colonel Melchett scharf.

«Ach, ich weiß auch nicht, über alles Mögliche.»

«Haben Sie ein Auto, Mr. Bartlett?»

«Ja.»

«Wo stand es? In der Hotelgarage?»

«Nein, im Hof. Wollte vielleicht noch eine kleine Spritztour machen, verstehen Sie?»

«Und – haben Sie eine gemacht?»

«Nein – nein, hab ich nicht. Ich schwör's.»

«Sie haben nicht zufällig Miss Keene auf eine Spritztour mitgenommen?»

«Na, hören Sie mal! Worauf wollen Sie eigentlich hinaus? Ich bin nicht weggefahren, ich schwör's. Wirklich nicht.»

«Vielen Dank, Mr. Bartlett, das wäre im Moment alles. *Im Moment,*» wiederholte Colonel Melchett mit Nachdruck.

George Bartlett sah ihnen mit einem geradezu lächerlich besorgten Ausdruck auf seinen wenig durchgeistigten Zügen nach.

«Trottel», sagte Colonel Melchett.

Superintendent Harper schüttelte den Kopf.

«Wir haben noch einen weiten Weg vor uns», sagte er.

Sechstes Kapitel

I

Weder der Nachtportier noch der Barkeeper erwiesen sich als besonders hilfreich. Der Nachtportier erinnerte sich, dass er kurz nach Mitternacht bei Miss Keene oben angerufen, dass aber niemand abgenommen hatte. Mr. Bartlett hatte er weder beim Verlassen noch beim Betreten des Hotels gesehen. Es sei ein schöner Abend gewesen, an dem sehr viele Damen und Herren ein und aus gegangen seien. Und außer dem Haupteingang zur Halle gebe es ja auch noch die Seiteneingänge zu den Fluren. Er sei sich so gut wie sicher, dass Miss Keene nicht durch den Haupteingang hinausgegangen sei. Von ihrem Zimmer im ersten Stock aus habe sie wahrscheinlich die Treppe dort und dann die Tür am Ende des Flurs benutzt, die auf die seitliche Terrasse führe. Auf diese Weise habe sie das Haus ohne weiteres ungesehen verlassen können, denn die Tür sei erst nach dem Tanzen um zwei Uhr abgeschlossen worden.

Der Barkeeper wusste noch, dass Mr. Bartlett in der Bar gewesen war, konnte aber nicht sagen, wann. Irgendwann im Verlauf des Abends, meinte er. Mr. Bartlett habe an der Wand gesessen und ziemlich deprimiert gewirkt. Wie lange er geblieben sei, wisse er nicht. Es seien auch viele auswärtige Gäste da gewesen. Er hatte George Bartlett zwar gesehen, konnte aber keinerlei Zeitangaben machen.

II

Beim Verlassen der Bar wurden sie von einem etwa neunjährigen Jungen angehalten, der sofort aufgeregt lossprudelte.

«Sind Sie die Kriminalpolizei? Ich bin Peter Carmody. Mr. Jefferson, der wegen Ruby die Polizei gerufen hat, ist mein Großvater. Sind Sie von Scotland Yard? Ich darf doch mit Ihnen reden, oder?»

Colonel Melchett machte ein Gesicht, als wollte er den Jungen kurz abfertigen, doch Superintendent Harper kam ihm zuvor und sagte freundlich: «Aber natürlich, mein Junge. Verständlich, dass dich die Sache interessiert.»

«Und wie! Mögen Sie Kriminalromane? Ich schon. Ich lese alle, und ich hab Autogramme von Dorothy Sayers und Agatha Christie und Dickson Carr und H. C. Bailey. Kommt der Mord in die Zeitung?»

«Worauf du dich verlassen kannst», sagte Superintendent Harper grimmig.

«Nächste Woche fängt nämlich die Schule wieder an, und da kann ich dann allen erzählen, dass ich sie gekannt hab, dass ich sie richtig gut gekannt hab.»

«Und wie fandest du sie, hm?»

Peter überlegte.

«Also, ich hab sie nicht besonders gemocht. Ich glaub, sie war ein bisschen dumm. Mum und Onkel Mark haben sie auch nicht gemocht. Nur Großvater. Ach so, ja, Großvater will Sie sprechen. Edwards sucht Sie schon.»

Superintendent Harper ermunterte den Jungen weiterzureden.

«Soso, deine Mutter und dein Onkel Mark mochten Ruby Keene nicht besonders. Und warum nicht?»

«Ach, ich weiß auch nicht. Vielleicht weil sie immer mitten reingeplatzt ist. Und weil Großvater so viel Wirbel um sie gemacht hat, das hat ihnen auch nicht gefallen. Wahrscheinlich sind sie froh, dass sie tot ist», sagte Peter vergnügt.

Superintendent Harper sah den Jungen nachdenklich an.

«Haben sie – äh – haben sie das gesagt?», fragte er.

«Nicht direkt. Onkel Mark hat gesagt: ‹Immerhin eine Lösung›, und Mum hat gesagt: ‹Ja, aber eine grauenvolle›, und Onkel Mark hat gesagt, sie soll nicht so scheinheilig tun.»

Die beiden Männer wechselten einen Blick. Im selben Moment trat ein distinguiert wirkender, glatt rasierter, korrekt in blauen Serge gekleideter Mann zu ihnen.

«Entschuldigen Sie, meine Herren. Ich bin Mr. Jeffersons Kammerdiener. Er ist aufgewacht und lässt Sie bitten – er möchte Sie dringend sprechen.»

Zum zweiten Mal stiegen sie zu Conway Jeffersons Suite hinauf. Im Salon unterhielt sich Adelaide Jefferson mit einem hoch gewachsenen, nervös wirkenden Mann, der rastlos auf und ab ging. Als sie eintraten, fuhr er herum.

«Ach, gut, dass Sie kommen. Mein Schwiegervater hat schon nach Ihnen gefragt. Er ist jetzt wach. Versuchen Sie ihn möglichst nicht zu beunruhigen, ja? Sein Gesundheitszustand ist nicht der beste. Ein wahres Wunder, dass der Schock ihn nicht umgeworfen hat.»

«Ich wusste gar nicht, dass er in so schlechter Verfassung ist.»

«Er weiß es selbst nicht», sagte Mark Gaskell. «Das Herz, verstehen Sie? Keine größeren Aufregungen, hat der Arzt zu Addie gesagt. Er hat ihr mehr oder weniger deutlich zu verstehen gegeben, dass es jederzeit zu Ende gehen kann, nicht wahr, Addie?»

Mrs. Jefferson nickte. «Erstaunlich, wie er sich wieder erholt hat», sagte sie.

«Mord ist natürlich nicht gerade ein Beruhigungsmittel», sagte Colonel Melchett trocken, «aber wir werden so behutsam wie möglich vorgehen.»

Während er sprach, taxierte er Mark Gaskell. Der Bursche gefiel ihm nicht. Ein anmaßendes, skrupellos wirkendes Raubvogelgesicht. Einer jener Männer, die es gewohnt sind, ihren Willen durchzusetzen, und oft von Frauen bewundert werden.

Dem würde ich nicht über den Weg trauen, dachte der Colonel bei sich. Skrupellos – das war das richtige Wort. Einer, der vor nichts zurückschreckte.

III

In dem großen Schlafzimmer, das aufs Meer hinausging, saß Conway Jefferson in seinem Rollstuhl am Fenster.

Sobald man sich mit ihm in einem Raum befand, spürte man die Kraft und Ausstrahlung dieses Mannes. Es war, als hätten die Verletzungen, die ihn zum Krüppel gemacht hatten, alle Energie seines zerstörten Körpers gebündelt und gesteigert.

Er hatte einen schönen Kopf mit leicht angegrautem rotem Haar. Die Augen in dem markant zerfurchten, tief gebräunten Gesicht waren geradezu bestürzend blau. Nichts an Mr. Jefferson verriet Krankheit oder Trübsinn. Die tiefen Linien in seinem Gesicht waren Linien des Leidens, nicht der Schwäche. Er war ein Mann, der niemals mit dem Schicksal haderte, sondern es annahm und neuen Ufern zustrebte.

«Ich bin froh, dass sie gekommen sind», sagte er. Er musterte sie mit einem raschen Blick und wandte sich an Melchett: «Sie sind der Chief Constable von Radfordshire? Ah, ja. Und Sie müssen Superintendent Harper sein. Setzen Sie sich doch. Zigaretten finden Sie auf dem Tisch neben Ihnen.»

Sie bedankten sich und nahmen Platz. Melchett sagte: «Wie ich höre, haben Sie sich für die Tote interessiert, Mr. Jefferson?»

Ein gequältes Lächeln huschte über das zerfurchte Gesicht.

«Ja, das haben Ihnen wohl alle gleich erzählt! Nun, es ist auch kein Geheimnis. Was hat Ihnen denn meine Familie gesagt?» Sein Blick wanderte rasch zwischen den beiden Männern hin und her.

Die Antwort gab Colonel Melchett: «Nicht viel. Mrs. Jefferson hat nur erwähnt, dass Sie das Geplauder des Mädchens amüsant fanden und dass sie eine Art Schützling von Ihnen war. Mit Mark Gaskell haben wir nur ein paar Worte gewechselt.»

Conway Jefferson lächelte.

«Addie ist immer so diskret, die Gute! Mark hätte sich da weniger Zwang angetan. Am besten, Melchett, ich berichte etwas ausführlicher, damit Sie meine Haltung verstehen. Anfangen muss ich dazu bei der großen Tragödie meines Lebens. Vor acht Jahren habe ich bei einem Flugzeugabsturz meine Frau, meinen Sohn und meine Tochter verloren. Seitdem bin ich nur noch ein Schatten meiner selbst – ich spreche nicht von meinem körperlichen Zustand. Ich war ein ausgesprochener Familienmensch. Meine Schwiegertochter und mein Schwiegersohn haben sich rührend um mich gekümmert und alles getan, um mir mein eigen Fleisch und Blut zu ersetzen. Aber mir ist klar geworden – besonders in letzter Zeit –, dass sie ihr eigenes Leben führen müssen.

Sie werden also verstehen, dass ich im Grunde ein einsamer Mann bin. Ich mag junge Menschen. Sie machen mir Freude. Ein paar Mal hatte ich schon mit dem Gedanken gespielt, ein Mädchen oder einen Jungen zu adoptieren. In den letzten Wochen hatte ich mich sehr mit Ruby Keene angefreundet. Sie war so unbefangen und natürlich. Sie hat mir viel von sich erzählt, von ihren Erlebnissen als Darstellerin in Weihnachtsaufführungen und bei Tourneetheatern, als Kind mit ihren Eltern in möblierten Zimmern. Ein Leben, das so anders war als alles, was ich kannte! Und nie hat sie geklagt oder sich dafür geschämt. Sie war einfach ein natürliches, positiv eingestelltes, fleißiges Kind, charmant und unverdorben. Vielleicht nicht unbedingt eine Dame, aber zum Glück weder vulgär noch geziert.

Ruby wuchs mir immer mehr ans Herz, und ich beschloss, sie zu adoptieren, meine Herren. Ich wollte, dass sie meine rechtmäßige Tochter wird. Das erklärt hoffentlich meine Sorge um sie und die Schritte, die ich unternahm, als ich von ihrem unerklärlichen Verschwinden hörte.»

Eine Pause trat ein. Dann sprach Superintendent Harper, und sein nüchterner Ton nahm seiner Stimme alles Kränkende. «Darf ich fragen, was Ihr Schwiegersohn und Ihre Schwiegertochter dazu gesagt haben?»

Jeffersons Antwort kam prompt: «Was sollten sie groß sagen? Begeistert waren sie vielleicht nicht – so etwas weckt ja leicht eine gewisse Voreingenommenheit –, aber sie haben sich sehr anständig benommen, wirklich sehr anständig. Die beiden sind keineswegs abhängig von mir, müssen Sie wissen. Als mein Sohn Frank geheiratet hat, habe ich ihm die Hälfte meines Vermögens übertragen. Das ist in meinen Augen eine gute Sache. Man sollte seine Kinder nicht warten lassen, bis man tot ist. Sie brauchen das Geld, solange sie jung sind, und nicht erst Jahre später. Deshalb habe ich auch meiner Tochter Rosamund, als sie partout einen armen Mann heiraten wollte, eine hohe Summe ausgesetzt, die nach ihrem Tod auf ihn übergegangen ist. Sie sehen, finanziell lagen die Dinge recht einfach.»

«Ich verstehe, Mr. Jefferson», sagte Superintendent Harper, doch in seiner Stimme schwang eine gewisse Skepsis mit, die Conway Jefferson nicht entging.

«Aber Sie sind anderer Meinung, wie?», fragte er.

«Ich möchte mir da kein Urteil anmaßen, Sir, aber meiner Erfahrung nach lassen sich Mitglieder einer Familie nicht immer von der Vernunft leiten.»

«Da mögen Sie durchaus Recht haben, Superintendent, aber Sie dürfen nicht vergessen, dass Mr. Gaskell und Mrs. Jefferson streng genommen keine Familienmitglieder sind. Sie sind nicht blutsverwandt mit mir.»

«Gewiss, das ist natürlich etwas anderes», räumte der Superintendent ein.

Conway Jefferson blinzelte. «Was aber nicht heißt, dass sie mich nicht für einen alten Narren gehalten haben – eine durchaus normale Reaktion übrigens. Aber ich war kein Narr. Einen guten Charakter erkenne ich sehr wohl. Mit etwas Bildung und gesellschaftlichem Schliff hätte sich Ruby Keene überall behauptet.»

«Es tut mir Leid, dass wir so indiskret sein müssen, aber es ist nun einmal wichtig, dass alle Fakten zusammengetragen werden. Sie hatten vor, uneingeschränkt für das Mädchen Vorsorge zu treffen, ihr also Geld auszusetzen, aber Sie hatten es noch nicht getan?»

«Ich weiß, worauf Sie hinauswollen. Sie meinen, jemand könnte vom Tod des Mädchens profitieren. Aber das wäre gar nicht möglich. Die nötigen Schritte für die Adoption waren zwar eingeleitet, aber noch nicht abgeschlossen.»

«Wenn Ihnen also etwas zustoßen würde…?»

Er vollendete den Satz nicht, doch Conway Jefferson hatte die Antwort schon parat.

«Was sollte mir zustoßen? Ich bin ein Krüppel, aber ich bin nicht krank! Auch wenn die Ärzte gern lange Gesichter machen und mir raten, es nicht zu übertreiben. Übertreiben! Ich fühle mich bärenstark! Aber natürlich bin ich mir der Unausweichlichkeit des Schicksals bewusst – mein Gott, ich habe allen Grund dazu! Der Tod kann auch den Stärksten plötzlich treffen, zumal bei den vielen Verkehrsunfällen heutzutage. Aber ich habe vorgesorgt. Vor etwa zehn Tagen habe ich ein neues Testament gemacht.»

«Ach ja?» Superintendent Harper beugte sich vor.

«Ich hatte Ruby Keene fünfzigtausend Pfund ausgesetzt, die bis zu ihrem fünfundzwanzigsten Geburtstag treuhänderisch verwaltet werden sollten.»

Superintendent Harpers Augen weiteten sich, Colonel Melchetts ebenso. «Das ist eine sehr hohe Summe, Mr. Jefferson», sagte Harper fast ehrfurchtsvoll.

«Heute ja.»

«Und die wollten Sie einem Mädchen überlassen, das sie erst wenige Wochen kannten?»

Zorn blitzte in den leuchtend blauen Augen auf.

«Wie oft muss ich es denn noch sagen? Ich habe keine Blutsverwandten, keine Nichten und Neffen, nicht einmal entfernte Vettern oder Kusinen! Ich hätte das Geld auch für einen guten Zweck stiften können, aber eine Einzelperson ist mir lieber!» Er lachte. «Aschenputtel wurde über Nacht Prinzessin! Die männliche Variante der guten Fee. Warum nicht? Es ist *mein* Geld. Ich habe es selbst verdient.»

«Haben Sie noch andere Verfügungen getroffen?», fragte Colonel Melchett.

«Edwards, mein Kammerdiener, erhält ein kleines Legat, der Rest geht zu gleichen Teilen an Mark und Addie.»

«Und dieser Rest – Sie entschuldigen –, handelt es sich da um einen großen Betrag?»

«Wahrscheinlich nicht. Genau lässt sich das schwer sagen, Kapitalanlagen schwanken ja ständig. Nach Abzug der Kosten für die Beerdigung und aller sonstigen Ausgaben werden wohl um die fünf- bis zehntausend Pfund übrig bleiben.»

«Aha.»

«Halten Sie mich bitte nicht für kleinlich. Bei der Heirat meiner Kinder habe ich, wie gesagt, mein Vermögen aufgeteilt. Für mich selbst habe ich nur eine ganz geringe Summe zurückbehalten. Aber nach – nach der Tragödie habe ich mich in die Arbeit gestürzt, um mich abzulenken. In meinem Haus in London habe ich eigens eine direkte Leitung vom Schlafzimmer in mein Büro legen lassen. Ich habe hart gearbeitet. Das hat mich vom Nachdenken abgehalten und mir das Gefühl gegeben, dass meine – meine Verstümmelung mich nicht niederzwingen kann. Ich habe mich ganz aufs Geschäft konzentriert» – seine Stimme wurde tiefer, und er schien mehr zu sich selbst zu sprechen als zu seinen Zuhörern – «und ironischerweise gedieh alles, was ich tat, prächtig! Die gewagtesten Spekulationen hatten Erfolg, riskante Manöver glückten, alles, was ich anfasste, verwandelte sich in Gold. Als wollte das Schicksal einen gerechten Ausgleich schaffen.»

Die Leidenslinien in seinem Gesicht schienen sich zu vertiefen. Doch er fasste sich wieder und lächelte sarkastisch.

«Sie sehen also, die Summe, die ich Ruby hinterlassen wollte, war unbestreitbar mein Eigentum, ich konnte damit tun und lassen, was ich wollte.»

«Ganz ohne Frage, mein Lieber», beeilte sich Melchett zu versichern, «das steht für uns völlig außer Zweifel.»

«Gut», sagte Conway Jefferson. «Und jetzt würde ich gern

meinerseits einige Fragen stellen, wenn Sie gestatten. Ich möchte mehr über diese – diese schreckliche Sache hören. Bisher weiß ich nur, dass sie – dass die kleine Ruby erwürgt in einem Haus etwa zwanzig Meilen von hier entfernt aufgefunden wurde.»

«So ist es. In Gossington Hall.»

Jefferson runzelte die Brauen.

«Gossington? Aber das ist doch ...»

«Colonel Bantrys Haus.»

«Bantry? *Arthur* Bantry? Aber den kenne ich ja! Ihn und seine Frau! Habe die beiden vor ein paar Jahren im Ausland kennen gelernt. Ich wusste gar nicht, dass sie hier in der Gegend wohnen. Das ist ja ...»

Er brach ab. Superintendent Harper ergriff die Gelegenheit und sagte rasch: «Colonel Bantry hat letzten Dienstag hier im Hotel gespeist. Sie haben ihn nicht zufällig gesehen?»

«Dienstag? Dienstag? Nein, da sind wir erst spät zurückgekommen. Wir waren in Harden Head und haben auf der Rückfahrt unterwegs gegessen.»

«Hat Ruby Keene die Bantrys nie erwähnt?», fragte Melchett.

Jefferson schüttelte den Kopf. «Nein. Kann mir nicht denken, dass sie sie gekannt hat. Bestimmt nicht. Sie hat nur mit Theaterleuten und dergleichen verkehrt.»

Er machte eine Pause und fragte dann unvermittelt: «Was sagt denn Bantry zu der Sache?»

«Er kann sich das alles überhaupt nicht erklären. Gestern Abend war er bei einer Versammlung der Konservativen Gesellschaft. Die Leiche ist heute früh entdeckt worden. Er sagt, er hat das Mädchen nie gesehen.»

Jefferson nickte. «Es ist wirklich absurd.»

Superintendent Harper räusperte sich und fragte: «Haben Sie irgendeine Vermutung, Sir, wer der Täter sein könnte?»

«Großer Gott, ich wollte, ich hätte eine!» Die Adern an Jeffersons Stirn schwollen an. «Es ist einfach unfassbar, unvorstellbar! Wenn es nicht wirklich passiert wäre, würde ich sagen, es kann einfach nicht sein!»

«Gab es nicht irgendeinen Freund – von früher –, einen Mann, der sich in Rubys Nähe herumtrieb oder sie bedrohte?»

«Nein, ganz bestimmt nicht. Und wenn, dann hätte sie es mir erzählt. Sie hatte noch nie einen richtigen ‹Freund›. Das hat sie mir selbst gesagt.»

Gesagt mag sie das ja haben, dachte Superintendent Harper, aber ob es stimmt?

«Was sagt denn Josie?», fragte Conway Jefferson. «Sie müsste es doch besser als jeder andere wissen, wenn irgendein Mann Ruby nachgestellt oder sie belästigt hätte. Kann *sie* Ihnen nicht weiterhelfen?»

«Angeblich nicht.»

«Ich werde das Gefühl nicht los, dass hier ein krankes Hirn am Werk war. Die Brutalität des Vorgehens, der Einbruch – das alles ist so unlogisch und sinnlos. Es gibt ja solche Männer. Äußerlich wirken sie völlig normal, aber dann locken sie Mädchen an – manchmal sogar Kinder – und bringen sie um. Sexualverbrecher, genau genommen.»

«Ja, solche Fälle gibt es in der Tat», sagte Harper. «Aber uns liegen keinerlei Hinweise darauf vor, dass ein solcher Mensch hier in der Gegend sein Unwesen treibt.»

Jefferson fuhr fort: «Ich habe noch einmal alle Männer Revue passieren lassen, mit denen ich Ruby gesehen habe: Hotelgäste, Leute von außerhalb – Männer, mit denen sie getanzt hat. Sie scheinen alle ganz harmlos – das Übliche eben. Einen speziellen Freund hatte sie nicht.»

Superintendent Harpers Gesicht zeigte keinerlei Regung, nur in seinen Augen glomm es noch immer skeptisch, was Jefferson jedoch entging. Ruby Keene, dachte er, könnte sehr wohl einen speziellen Freund gehabt haben, von dem ihr Gönner nur nichts wusste. Aber er sagte nichts.

Der Chief Constable warf ihm einen fragenden Blick zu und erhob sich. «Vielen Dank, Mr. Jefferson», sagte er. «Das wäre vorerst alles.»

«Sie halten mich doch auf dem Laufenden?»

«Aber gewiss doch, wir bleiben in Verbindung.»

Die beiden Männer gingen, und Conway Jefferson lehnte sich zurück. Seine Lider senkten sich über das grelle Blau seiner Augen. Plötzlich sah er sehr alt aus. Nach einigen Minuten zuckten seine Lider, und er rief: «Edwards!»

Sofort trat aus dem Zimmer nebenan der Kammerdiener ein. Edwards kannte seinen Herrn wie niemand sonst. Andere, selbst die Menschen in seiner nächsten Umgebung, kannten nur seine Stärke. Edwards aber kannte auch seine Schwäche. Er hatte Conway Jefferson müde gesehen, mutlos, voller Lebensüberdruss, hatte Momente erlebt, in denen körperliche Hilflosigkeit und Einsamkeit ihn überwältigten.

«Ja, Sir?»

«Rufen Sie Sir Henry Clithering an. Er ist in Melborne Abbas. Bitten Sie ihn herzukommen, möglichst noch heute. Sagen Sie ihm, es ist dringend.»

Siebtes Kapitel

I

Nachdem sie Jeffersons Tür hinter sich geschlossen hatten, sagte Harper: «Also, wenn Sie mich fragen, Sir: Ein Motiv hätten wir jetzt.»

«Hm», machte Melchett. «Die fünfzigtausend Pfund, wie?»

«Ja. Morde sind schon für viel weniger begangen worden.»

«Ja, aber...»

Colonel Melchett beendete den Satz nicht, doch Harper verstand ihn auch so.

«In diesem Fall überzeugt Sie das nicht? Nun ja, mich eigentlich auch nicht. Trotzdem müssen wir uns damit befassen.»

«Natürlich.»

«Wenn Mr. Gaskell und Mrs. Jefferson gut versorgt sind und über ein ausreichendes Einkommen verfügen, wie Mr. Jefferson sagt», fuhr Harper fort, «wieso sollten sie dann einen brutalen Mord begehen?»

«Ganz recht. Aber ihre finanziellen Verhältnisse müssen natürlich untersucht werden. Kann nicht behaupten, dass mir Gaskell besonders sympathisch wäre – scheint ein gerissener, skrupelloser Bursche zu sein –, aber das macht ihn noch lange nicht zum Mörder.»

Ja, eben, Sir, wie gesagt: Ich halte es für unwahrscheinlich, dass es einer der beiden war, und nach dem, was Josie sagt, wäre es auch gar nicht möglich gewesen. Beide haben von zwanzig vor elf bis zwölf Bridge gespielt. Nein, eine andere Variante wäre da meiner Ansicht nach plausibler.»

«Ruby Keenes Freund?»

«Genau, Sir. Irgendein eifersüchtiger junger Mann, vielleicht kein allzu heller Kopf. Jemand, den sie schon kannte, bevor sie hierher kam, würde ich sagen. Die Sache mit der Adoption – gesetzt den Fall, er hat davon Wind bekommen – könnte das Fass zum Überlaufen gebracht haben. Er hatte Angst, sie zu verlieren, sah sie in eine ganz andere Welt entschwinden und hat vor Wut den Kopf verloren. Gestern Abend hat er sie überredet, sich mit ihm zu treffen, sie bekamen Streit, er hat nur noch rot gesehen und sie umgebracht.»

«Und wie kam sie in Bantrys Bibliothek?»

«Das dürfte nicht allzu schwierig gewesen sein. Sie befanden sich zu diesem Zeitpunkt, sagen wir, in seinem Wagen, und als er wieder zu sich kam und sah, was er angerichtet hatte, da war sein erster Gedanke, die Leiche loszuwerden. Möglicherweise hat er nicht weit entfernt das Parktor eines Landsitzes gesehen. Wenn sie dort gefunden wird, denkt er, wird sich die ganze Aufregung auf das Haus und seine Bewohner konzentrieren, und er selbst kann sich in Sicherheit wiegen. Das zarte Persönchen ist nicht schwer zu tragen. Mit einem Meißel, den er im Auto hat, bricht er das Fenster auf und legt sie dann auf den Kaminvorleger. Da es sich um einen Fall von Erdrosseln handelt, bleiben im Wagen keine Blut- oder sonstigen Spuren zurück, die ihn verraten könnten. Verstehen Sie, was ich meine, Sir?»

«Sicher, Harper, so könnte es durchaus gewesen sein. Bleibt nur noch eins: *Cherchez l'homme.*»

«Bitte?», fragte Superintendent Harper und quittierte den Scherz seines Vorgesetzten dann mit einem taktvoll beifälligen «Ach so, köstlich, Sir», nachdem ihm der exzellenten französischen Aussprache des Colonels wegen der Sinn der Worte beinahe entgangen wäre.

II

«Ach, äh, hören Sie, äh, k-könnte ich Sie wohl kurz sprechen?»

Es war George Bartlett, der die beiden Männer mit diesen Worten überfiel.

«Was ist denn los, was wollen Sie?», herrschte Colonel Melchett ihn an, der sich zu Mr. Bartlett nicht eben hingezogen fühlte und es außerdem eilig hatte, von Slack Näheres über die Durchsuchung des Zimmers der Ermordeten und die Verhöre der Zimmermädchen zu erfahren.

Der junge Bartlett wich ein paar Schritte zurück und klappte wie ein Fisch im Aquarium den Mund auf und wieder zu.

«Ja, also, äh, wahrscheinlich ist es ja nicht weiter wichtig, aber ich dachte, ich muss es Ihnen sagen. Die Sache ist nämlich die: Mein Auto ist weg.»

«Ihr Auto ist weg? Was wollen Sie damit sagen?»

Unter ausgiebigem Gestotter erklärte Mr. Bartlett, er wolle damit sagen, dass sein Auto weg sei.

«Sie meinen, es ist gestohlen worden?», fragte Superintendent Harper.

George Bartlett wandte sich dankbar der milderen Stimme zu.

«Na ja, das ist es ja gerade, ich meine, man weiß ja nie, könnte ja sein, dass jemand einfach damit abgezischt ist, ohne sich was dabei zu denken, sozusagen.»

«Wann haben Sie den Wagen denn zuletzt gesehen, Mr. Bartlett?»

«Das weiß ich eben nicht mehr. Verrückt, wie schwer es ist, sich an so etwas zu erinnern, was?»

«Für einen durchschnittlich intelligenten Menschen wohl kaum», antwortete Melchett kühl. «Sagten Sie nicht, das Auto stand gestern Abend im Hof des Hotels…»

Mr. Bartlett erkühnte sich, ihn zu unterbrechen: «Ja, eben – oder?»

«Was meinen Sie mit ‹oder›? Sie sagten doch, es stand dort.»

«Na ja, also, das dachte ich ja auch, ich, äh, ich hab nicht nachgesehen, verstehen Sie?»

Colonel Melchett seufzte. Er bot alle Geduld auf, deren er noch fähig war, und sagte: «Nun mal der Reihe nach. Wann haben Sie Ihren Wagen zuletzt gesehen, mit eigenen Augen, meine ich. Was ist es überhaupt für einer?»

«Ein Minoan 14.»

«Und zuletzt gesehen haben Sie ihn wann?»

George Bartletts Adamsapfel hüpfte wild auf und ab.

«Daran versuch ich mich ja zu erinnern. Vor dem Mittagessen war er noch da. Wollte am Nachmittag einen Ausflug machen. Aber dann hab ich doch lieber einen Mittagsschlaf gehalten – Sie wissen ja, wie das ist. Nach dem Tee hab ich Squash gespielt und so weiter, und danach war ich schwimmen.»

«Und in der ganzen Zeit stand der Wagen im Hof des Hotels?»

«Ich nehm's an. Jedenfalls hatte ich ihn da hingestellt. Dachte, ich könnte später mit jemand eine Fahrt machen, verstehen Sie? Nach dem Abendessen, meine ich. War aber nicht mein Glückstag gestern. Nichts los. Hab die Karre dann gar nicht mehr bewegt.»

«Aber Sie nahmen an, dass Ihr Auto noch im Hof steht?»

«Ja, klar. Ich meine, da hatte ich's ja hingestellt.»

«Hätten Sie es gemerkt, wenn es *nicht* da gewesen wäre?»

Mr. Bartlett schüttelte den Kopf.

«Glaub ich nicht. Da fahren ja jede Menge Autos rein und raus. Jede Menge Minoans.»

Superintendent Harper nickte. Er hatte einen kurzen Blick aus dem Fenster geworfen. Nicht weniger als acht Wagen vom Typ Minoan 14 standen im Hof. Es war das Billigauto des Jahres.

«Pflegen Sie Ihr Auto über Nacht nicht in die Garage zu stellen?», fragte Colonel Melchett.

«Normalerweise nicht. Schönes Wetter und so, verstehen Sie? Zu viel Aufwand, ein Auto in die Garage zu stellen.»

Mit einem Blick auf Colonel Melchett sagte Superintendent Harper: «Ich komme gleich nach, Sir. Ich will nur rasch Sergeant Higgins verständigen, damit Mr. Bartlett die Einzelheiten zu Protokoll geben kann.»

«In Ordnung, Harper.»

«Dachte, ich sag's Ihnen lieber», murmelte Mr. Bartlett gedankenvoll. «Könnte ja wichtig sein, oder?»

III

Mr. Prestcott hatte seiner neuen Tänzerin Kost und Logis gewährt. Von welcher Qualität die Kost auch sein mochte – das Logis war das dürftigste, das es im ganzen Hotel gab.

Josephine Turner und Ruby Keene wohnten am Ende eines düsteren, schmuddeligen, schmalen Flurs. Die Zimmer waren klein und gingen nach Norden auf das Kliff hinter dem Hotel, das Mobiliar bestand aus bunt zusammengewürfelten Stücken, die vor dreißig Jahren zur Luxusausstattung der besten Suiten gehört hatten. Als Letztere im Zuge der Modernisierung des Hotels mit Einbauschränken versehen worden waren, hatte man die großen viktorianischen Eichen- und Mahagonischränke in die Zimmer des im Hause wohnenden Personals oder in jene Räume verbannt, in denen während der Hochsaison, wenn das Hotel ausgebucht war, einzelne Gäste untergebracht wurden.

Melchett sah auf den ersten Blick, dass Ruby Keenes Zimmer ideal geeignet war, das Hotel unbemerkt zu verlassen, und denkbar ungeeignet, die Umstände dieses Verlassens zu erhellen.

Am Ende des Flurs führte eine schmale Treppe auf einen ebenso düsteren Flur im Erdgeschoss hinab. Durch eine Glastür gelangte man von dort auf die wenig frequentierte Seitenterrasse des Hotels, die keinen Blick aufs Meer bot. Von hier aus ging es auf die Hauptterrasse oder aber über einen gewundenen Pfad zu einem Sträßchen, das weiter entfernt in die

Kliffstraße mündete und seines schlechten Zustandes wegen selten befahren wurde.

Inspektor Slack hatte die Zimmermädchen in die Mangel genommen und Rubys Zimmer auf Spuren abgesucht. Zu seinem Glück hatte er den Raum noch in genau dem Zustand vorgefunden, wie er am Abend zuvor verlassen worden war.

Ruby Keene war keine Frühaufsteherin gewesen. Sie hatte gewöhnlich bis zehn, halb elf geschlafen, wie Slack herausgefunden hatte, und dann nach dem Frühstück geklingelt. So hatte die Polizei, nachdem Conway Jefferson beim Hoteldirektor vorstellig geworden war, die Dinge in die Hand nehmen können, bevor die Zimmermädchen den Raum betraten. Sie waren nicht einmal auf dem Flur gewesen, denn die anderen Zimmer dort wurden um diese Jahreszeit nur einmal in der Woche aufgeschlossen und abgestaubt.

«So weit, so gut», sagte Slack düster. «Wenn hier etwas zu finden wäre, würden wir es auch finden. Aber da ist nichts.»

Die Polizei von Glenshire hatte den Raum bereits auf Fingerabdrücke untersucht, aber nur Rubys eigene, Josies und die der beiden Zimmermädchen von der Früh- und der Spätschicht gefunden. Einige stammten auch von Raymond Starr, der ja mit Josie zusammen nach Ruby hatte sehen wollen, nachdem sie nicht zur Mitternachtsvorstellung erschienen war.

In den Fächern des schweren Mahagonischreibtischs in der Ecke hatte Slack allerlei Krimskrams und einen Stapel Briefe gefunden. Er hatte alles sorgfältig geprüft, aber nichts Brauchbares entdeckt. Rechnungen, Quittungen, Theaterprogramme, Abschnitte von Kinokarten, Zeitungsausschnitte, aus Zeitschriften herausgerissene Schönheitstipps. Unter den Briefen fanden sich einige von einer gewissen Lil, offenbar einer Freundin aus dem Palais de Danse. Sie berichtete von diversen Affären, breitete allerlei Klatsch und Tratsch aus und schrieb, man vermisse «Rube» schrecklich. «Mr. Findeison hat noch so oft nach dir gefragt! Ganz geknickt ist er! Reg hat mit May angebandelt, nachdem du weg warst. Barny fragt auch noch ab und zu nach dir. Sonst ist alles beim Alten. Der alte Grouser ist zu uns Mädchen gemein wie eh und je. Ada hat einen Rüffel von ihm bekommen, weil sie mit einem Jungen geht.»

Slack hatte sich alle Namen, die in den Briefen vorkamen, gewissenhaft notiert. Man würde Nachforschungen anstellen, die vielleicht einiges Wissenswerte ergeben würden. Der Meinung war Colonel Melchett auch, ebenso wie Superintendent Harper, der sich inzwischen zu ihnen gesellt hatte. Ansonsten hatte das Zimmer wenig Verwertbares zu bieten.

Über einem Stuhl in der Mitte des Raumes hing das rosa Tüllkleid, das Ruby am Abend getragen hatte. Die rosa Satinstöckelschuhe waren achtlos fortgeschleudert worden. Ein Paar hauchdünner Seidenstrümpfe, einer davon mit einer Laufmasche, lag zusammengeknüllt am Boden. Melchett dachte daran, dass man das Mädchen mit nackten Füßen und Beinen aufgefunden hatte. Das war bei Ruby nichts Ungewöhnliches gewesen, wie Slack ermittelt hatte. Um Geld zu sparen, hatte sie Make-up auf ihre Beine aufgetragen und nur zum Tanzen hin und wieder Strümpfe angezogen. Durch die offene Schranktür sah man glitzernde Abendkleider und darunter eine Reihe Schuhe. Der Wäschekorb enthielt schmutzige Unterwäsche, der Papierkorb abgeschnittene Fingernägel, benutzte Abschminktücher, Wattebäusche mit Rouge- und Nagellackflecken – nichts Außergewöhnliches. Die Fakten schienen auf der Hand zu liegen. Ruby Keene war hinaufgeeilt, hatte sich umgezogen und war wieder fortgeeilt – aber wohin?

Josephine Turner, von der man hätte annehmen können, dass sie am meisten über Rubys Leben und ihre Freunde wusste, hatte ihnen nicht weiterhelfen können, was aber, wie Inspektor Slack darlegte, möglicherweise ganz verständlich sei.

«Wenn es stimmt, was Sie sagen, Sir – ich meine die Sache mit der Adoption –, dann musste Josie doch sehr daran gelegen sein, dass Ruby den Kontakt zu allen alten Freunden abbrach, die ihr sozusagen noch einen Strich durch die Rechnung machen konnten. Dieser Invalide schwärmt ja in den höchsten Tönen davon, was für ein liebes, kindliches, unschuldiges kleines Ding Ruby Keene gewesen sei. Angenommen, sie hatte einen Freund, einen rauen Burschen – das hätte dem alten Knaben ganz und gar nicht gefallen. Ruby musste die Sache also geheim halten. Josie weiß sowieso nicht viel von ihr, weder von ihren Freunden noch sonst. Aber eins hätte sie ihr nicht durchgehen lassen: dass sie für irgendeinen Kerl alles aufs Spiel setzt. Es ist also nur logisch, dass Ruby – die offenbar ein raffiniertes kleines Biest war! – kein Sterbenswörtchen davon hat verlauten lassen, wenn sie sich mit einem alten Freund traf. Josie durfte nichts davon wissen, sonst hätte sie gesagt: ‹Kommt nicht in Frage, Mädchen!› Aber Sie wissen ja, wie diese Mädchen sind, die jungen ganz besonders: fallen nur zu leicht auf einen harten Burschen rein. Ruby möchte ihn sehen. Er kommt hierher, regt sich furchtbar über die Sache auf und dreht ihr den Hals um.»

«Durchaus möglich, Slack», sagte Colonel Melchett und bemühte sich, seinen Widerwillen gegen Slacks wenig ansprechende Darstellungsweise zu verbergen. «Dann dürfte es nicht weiter schwierig sein, diesen Freund zu finden.»

«Überlassen Sie das nur mir, Sir», sagte Slack mit gewohntem Selbstvertrauen. «Ich werde mir mal diese Lil im Palais de Danse vorknöpfen und sie nach allen Regeln der Kunst ausquetschen. Nicht mehr lange, und wir kennen die Wahrheit.»

Colonel Melchett hatte da seine Zweifel. Slacks Tatendrang machte ihn immer ganz müde.

«Da ist noch jemand, der Ihnen vielleicht einen Tipp geben könnte», fuhr Slack fort. «Dieser Raymond Starr. Er war ja wohl viel mit Ruby zusammen und weiß bestimmt mehr als Josie. Wäre doch nahe liegend, dass sie ihm gegenüber etwas gesprächiger war.»

«Diesen Punkt habe ich mit Superintendent Harper bereits erörtert.»

«Gut, Sir. Die Zimmermädchen hab ich ganz schön rangenommen. Aber sie wissen nichts. Haben, soweit ich sehe, auf die beiden herabgeschaut. Haben den Service schleifen lassen, wann immer sie sich getraut haben. Eine war gestern Abend um sieben hier und hat das Bett gerichtet, die Vorhänge zugezogen und ein bisschen aufgeräumt. Nebenan ist ein Badezimmer, falls Sie sich's ansehen wollen.»

Das Badezimmer lag zwischen Rubys und dem etwas größeren Zimmer, das Josie bewohnte. Es bot einen höchst aufschlussreichen Anblick. Colonel Melchett staunte, was für ein Arsenal an Schönheitsmitteln manche Frauen benutzten. Zahllose Töpfchen und Tuben mit Gesichtscremes, Reinigungscremes, Tagescremes und Nährcremes waren da zu sehen, Puder in allen Schattierungen, ein wirrer Haufen von Lippenstiften jeglicher Art, Haarwässer und Haar-«Aufheller», Wimperntusche, Lidschatten, blaue Abdeckcreme für die Augenpartie, mindestens zwölf verschiedene Nagellacksorten, Gesichtstücher, Wattebäusche, schmutzige Puderquasten, Flaschen mit adstringierenden, tonisierenden und beruhigenden Lotionen und dergleichen mehr.

«Soll das etwa heißen», murmelte er schwach, «dass Frauen all das benutzen?»

Der allwissende Inspektor Slack klärte ihn freundlicherweise auf: «Im Privatleben, sozusagen, Sir, beschränkt sich eine Dame auf ein oder zwei verschiedene Make-ups, eins für den Tag, eins für den Abend. Frauen wissen, was ihnen steht, und bleiben dabei. Aber diese Berufstänzerinnen müssen gewissermaßen auf vielen Hochzeiten tanzen. An einem Abend ist es ein Tango, am nächsten ein viktorianischer Tanz mit Krinoline, dann wieder ein Indianertanz oder ein ganz normaler Gesellschaftstanz. Da ist natürlich jedes Mal ein anderes Make-up gefragt.»

«Großer Gott!», sagte der Colonel. «Kein Wunder, dass die Leute, die diesen Schminkkram herstellen, ein Vermögen damit machen.»

«Leicht verdientes Geld, kann man da nur sagen», meinte Slack, «leicht verdientes Geld. Ein bisschen was muss allerdings in die Reklame investiert werden.»

Colonel Melchett riss seine Gedanken vom faszinierenden,

uralten Thema weiblicher Verschönerung los und sagte zu Superintendent Harper, der zu ihnen getreten war: «Bleibt uns noch dieser Eintänzer. Übernehmen Sie ihn, Superintendent?»

«Ja, Sir.»

Im Hinuntergehen fragte Harper: «Was halten Sie von der Geschichte, die Mr. Bartlett uns erzählt hat, Sir?»

«Von seinem Auto? Ich glaube, Harper, wir sollten den jungen Mann im Auge behalten. Irgendwas ist da faul. Möglicherweise ist er gestern Abend doch noch mit Ruby Keene weggefahren.»

IV

Superintendent Harper war ein Mann, der stets ruhig, freundlich und ganz und gar unverbindlich blieb. Fälle, bei denen die Polizei zweier Grafschaften zusammenarbeiten musste, waren immer schwierig. Er schätzte Colonel Melchett zwar als einen fähigen Chief Constable, war aber dennoch froh, das anstehende Verhör allein durchführen zu können. Nur nicht zu viel auf einmal, so lautete seine Devise. Reine Routinefragen beim ersten Mal, dann war der Befragte erleichtert und beim nächsten Verhör weniger auf der Hut.

Vom Sehen kannte Harper Raymond Starr bereits. Ein Prachtexemplar von Mann, groß und gut aussehend, dunkelhaarig, elegant und geschmeidig, schneeweiße Zähne im sonnengebräunten Gesicht. Er hatte eine angenehme, freundliche Art und war im Hotel überaus beliebt.

«Ich werde Ihnen wohl kaum weiterhelfen können, fürchte ich, Superintendent. Ich kannte Ruby zwar recht gut – sie war ja seit über vier Wochen hier, und wir haben unsere Tänze zusammen einstudiert und so weiter –, aber viel kann ich Ihnen im Grunde nicht über sie sagen. Ein nettes, aber nicht sehr intelligentes Mädchen.»

«Was uns besonders interessiert, sind ihre Freundschaften. Ihre Freundschaften mit Männern.»

«Das kann ich mir denken. Also, *ich* weiß darüber nichts. Sie hatte hier im Hotel immer ein paar junge Männer im Schlepptau, aber nichts Spezielles. Die Jeffersons haben sie ja praktisch mit Beschlag belegt.»

«Die Jeffersons, ja.» Harper hielt nachdenklich inne und warf dem jungen Mann einen scharfen Blick zu. «Was halten Sie von dieser Sache, Mr. Starr?»

«Von welcher Sache?», fragte Raymond Starr kühl.

«Wussten Sie nicht, dass Mr. Jefferson Ruby Keene adoptieren wollte?»

Das schien Starr neu zu sein. Er spitzte die Lippen und stieß einen Pfiff aus. «Das raffinierte kleine Biest! Na, Alter schützt vor Torheit nicht.»

«So sehen Sie das also.»

«Wie sonst? Aber wenn der alte Knabe unbedingt jemanden adoptieren wollte, wieso hat er sich dann nicht ein Mädchen aus seinen eigenen Kreisen ausgesucht?»

«Hat Ruby Keene Ihnen gar nichts davon erzählt?»

«Nein. Ich weiß, dass sie sich über irgendetwas sehr gefreut hat, aber ich wusste nicht, worüber.»

«Und Josie?»

«Die müsste eigentlich gewusst haben, was da im Busch war. Bestimmt hat sie das Ganze eingefädelt. Sie ist nämlich nicht auf den Kopf gefallen, diese Josie.»

Harper nickte. Josie hatte ihre Kusine ja überhaupt erst hergeholt, und zweifellos hatte sie deren engen Kontakt mit Mr. Jefferson gefördert. Kein Wunder, dass sie aufgebracht gewesen war, als Ruby nicht zu ihrer Tanzvorführung erschienen und Conway Jefferson in Panik geraten war. Sie hatte ihre Felle davonschwimmen sehen.

«Meinen Sie, Ruby konnte ein Geheimnis für sich behalten?», fragte Harper.

«So gut wie jeder andere auch. Über ihre Privatangelegenheiten hat sie nicht viel verlauten lassen.»

«Hat sie irgendwann einmal etwas – egal, was – von einem

Freund erzählt, jemandem von früher, der sie besuchen wollte oder mit dem sie Ärger hatte – Sie kennen das ja sicher.»

«Und ob. Aber soviel ich weiß, war da niemand. Jedenfalls hat sie nichts davon gesagt.»

«Vielen Dank, Mr. Starr. Würden Sie mir jetzt bitte mit Ihren eigenen Worten genau schildern, was gestern Abend vorgefallen ist?»

«Aber sicher. Ruby und ich hatten unsere Halb-elf-Uhr-Vorführung...»

«Und da haben Sie nichts Ungewöhnliches an ihr bemerkt?»

Raymond überlegte.

«Eigentlich nicht. Was danach war, hab ich nicht mitbekommen, weil ich mich um meine eigenen Partnerinnen kümmern musste. Aber ich weiß, dass sie nicht im Ballsaal war. Und um zwölf ist sie nicht erschienen. Ich hab mich sehr geärgert und bin zu Josie, die mit den Jeffersons Bridge gespielt hat. Sie wusste auch nicht, wo Ruby war, und ich glaube, sie ist ziemlich erschrocken. Ich hab gesehen, wie sie Mr. Jefferson einen besorgten Blick zugeworfen hat. Ich hab die Kapelle überredet, noch einen Tanz zu spielen, und bin ins Büro, um in Rubys Zimmer anrufen zu lassen. Aber sie hat sich nicht gemeldet. Dann bin ich wieder zu Josie. Sie hat gemeint, Ruby würde vielleicht schlafen, was natürlich völliger Quatsch war, sie wollte nur die Jeffersons beruhigen. Dann ist sie aufgestanden und hat gesagt, wir gehen zusammen rauf.»

«Aha. Und als Sie mit ihr allein waren, Mr. Starr, was hat sie da gesagt?»

«Soweit ich mich erinnere, war sie ziemlich wütend und hat gesagt: ‹Die dumme Gans! Das kann sie doch nicht machen! Damit setzt sie alles aufs Spiel! Weißt du, mit wem sie zusammen ist?› Ich hab gesagt, ich hätte keine Ahnung, aber zuletzt hätte ich sie mit dem jungen Bartlett tanzen sehen. Da hat sie gesagt: ‹Mit dem ist sie bestimmt nicht zusammen. Was macht sie bloß für Sachen? Meinst du, sie ist mit diesem Filmmenschen unterwegs?›»

«Filmmensch?», unterbrach Harper scharf. «Wer soll das sein?»

«Wie er heißt, weiß ich nicht», sagte Raymond. «Er hat nie hier im Hotel gewohnt. Ziemlich auffallender Typ, schwarze Haare, sieht aus wie ein Schauspieler. Hat wohl was mit der Filmbranche zu tun – das hat er Ruby jedenfalls gesagt. War ein paar Mal zum Dinner hier und hat dann mit Ruby getanzt, aber näher gekannt hat sie ihn, glaube ich, nicht. Deswegen war ich so überrascht, als Josie ihn erwähnt hat. Ich hab zu ihr gesagt, heute Abend sei er wohl nicht da gewesen, und sie hat gesagt: ‹Aber mit irgendjemand muss sie doch unterwegs sein. Was sag ich denn jetzt bloß den Jeffersons?› Ich wollte wissen, was die Jeffersons das angeht, und sie hat gesagt, es *geht* sie was an. Und dass sie's Ruby nie verzeihen würde, wenn sie jetzt alles verdirbt.

Inzwischen waren wir in Rubys Zimmer angelangt. Sie war nicht da, klar, aber da gewesen war sie, denn das Kleid, das sie getragen hatte, lag über einem Stuhl. Josie hat in den Schrank geschaut und gesagt, sie hätte ihr altes weißes Kleid angezogen. Eigentlich hätte sie für unseren spanischen Tanz ein schwarzes Samtkleid tragen müssen. Ich war inzwischen ziemlich sauer, weil sie mich versetzt hatte. Josie hat sich alle Mühe gegeben, mich zu beruhigen, und gesagt, sie würde selbst mit mir tanzen, dann könne der alte Prestcott nichts sagen. Sie ging sich umziehen, und wir sind wieder runter und haben einen Tango vorgeführt – etwas übertrieben im Stil, ganz auf Effekt angelegt, aber für Josies Knöchel nicht allzu belastend. Josie war wirklich tapfer – ich hab gemerkt, dass sie Schmerzen hat. Danach wollte sie, dass ich ihr helfe, die Jeffersons zu beruhigen. Es sei wichtig, hat sie gesagt. Ich hab natürlich mein Bestes getan.»

Superintendent Harper nickte. «Vielen Dank, Mr. Starr», sagte er.

Und ob es wichtig war, dachte er bei sich. Fünfzigtausend Pfund!

Er sah Raymond Starr nach, wie er geschmeidig die Terrassenstufen hinunterging und unterwegs ein Netz mit Tennisbällen und einen Tennisschläger an sich nahm. Mrs. Jefferson, ebenfalls mit einem Schläger bewaffnet, gesellte sich zu ihm, und sie gingen zusammen zu den Tennisplätzen.

«Verzeihung, Sir.»

Ein nach Atem ringender Sergeant Higgins stand neben Harper.

Der Superintendent, aus seinen Gedanken gerissen, sah ganz erschrocken drein.

«Meldung aus dem Präsidium für Sie, Sir. Ein Landarbeiter hat heute Morgen einen Feuerschein gesehen. Vor einer halben Stunde ist in einem Steinbruch ein ausgebranntes Auto gefunden worden. Venn's Quarry, etwa zwei Meilen von hier. Spuren einer verkohlten Leiche im Wagen.»

Das Blut schoss Harper ins Gesicht.

«Was ist denn nur auf einmal los in Glenshire?», fragte er. «Ist hier eine Gewaltepidemie ausgebrochen? Sagen Sie jetzt nur nicht, das wird ein zweiter Fall Rouse! Haben Sie das Kennzeichen?»

«Nein, Sir, aber wir können den Wagen anhand der Motornummer identifizieren. Vermutlich ein Minoan 14.»

Achtes Kapitel

I

Sir Henry Clithering hatte kaum einen Blick für die Menschen in der Halle des Majestic, als er zur Treppe schritt. Er war ganz in Gedanken. Doch wie es so geht, nahm er die Umgebung im Unterbewusstsein dennoch wahr, und diese Eindrücke würden zu gegebener Zeit wieder lebendig werden.

Auf dem Weg nach oben dachte Sir Henry darüber nach, was seinen Freund bewogen haben mochte, ihn plötzlich herzubitten. Dringende Hilferufe waren so gar nicht seine Art. Etwas ganz und gar Ungewöhnliches musste geschehen sein.

Jefferson redete auch nicht lange um den heißen Brei herum. «Schön, dass du kommen konntest. Edwards, bringen Sie Sir Henry etwas zu trinken. Setz dich doch. Du hast noch nichts gehört, nehme ich an? Steht es noch nicht in der Zeitung?»

Sir Henry schüttelte den Kopf. Seine Neugier war geweckt.

«Was ist denn passiert?»

«Ein Mord. Und ich bin in den Fall verwickelt, ich und auch deine Freunde, die Bantrys.»

«Arthur und Dolly Bantry?», fragte Clithering ungläubig.

«Ja, die Leiche wurde in ihrem Haus gefunden.»

Mit knappen, klaren Worten schilderte Conway Jefferson die Fakten. Sir Henry hörte zu, ohne ihn zu unterbrechen. Beide Männer waren gewohnt, schnell zum Kern einer Sache vorzudringen. In seiner Zeit als Chef der Londoner Polizei war Sir Henry für sein rasches Erfassen des Wesentlichen berühmt gewesen.

«Eine recht ungewöhnliche Sache», sagte er, als der andere geendet hatte. «Was glaubst du, welche Rolle die Bantrys dabei spielen?»

«Das ist genau der Punkt, der mir Sorgen macht. Verstehst du, Henry, für mich sieht es so aus, als könnte meine Bekanntschaft mit ihnen etwas mit dem Fall zu tun haben. Das ist der einzige Zusammenhang, den ich erkennen kann. Meines Wissens haben beide das Mädchen nie zuvor gesehen. Das haben sie zumindest ausgesagt, und es gibt keinen Grund, daran zu zweifeln. Dass sie sie doch gekannt haben, ist äußerst unwahrscheinlich. Könnte es also nicht sein, dass Ruby von hier weggelockt und ihre Leiche ganz bewusst ins Haus meiner Freunde gebracht wurde?»

«Das scheint mir etwas weit hergeholt.»

«Möglich wäre es trotzdem», beharrte Jefferson.

«Ja, aber eher unwahrscheinlich. Was erwartest du jetzt von mir?»

«Ich bin Invalide», sagte Conway Jefferson bitter. «Normalerweise versuche ich das zu ignorieren, aber jetzt holt es mich wieder ein. Ich kann mich nicht frei bewegen, mich nicht umhören, den Dingen nicht auf den Grund gehen. Ich kann nur untätig dasitzen und muss noch dankbar sein für die Informationssplitter, die mir die Polizei freundlicherweise zukommen lässt. Kennst du übrigens zufällig Melchett, den Chief Constable von Radfordshire?»

«Ja.»

In Sir Henrys Gehirn regte sich etwas. Ein Gesicht, eine Gestalt, die er beim Durchqueren der Halle gesehen hatte, ohne sie wirklich wahrzunehmen. Eine sehr aufrecht dasitzende alte Dame, die ihm bekannt vorgekommen war. Irgendwie hatte sie etwas mit Melchett zu tun.

«Und ich soll jetzt den Amateurdetektiv spielen? So etwas liegt mir nicht», sagte er.

«Aber du bist eben kein Amateur.»

«Ich bin aber auch nicht mehr im Dienst. Ich bin im Ruhestand.»

«Das macht es einfacher», sagte Jefferson.

«Du meinst, wenn ich noch bei Scotland Yard wäre, könnte ich mich da nicht einmischen? Stimmt genau.»

«Ja, aber jetzt kannst du aufgrund deiner Erfahrung doch Interesse an dem Fall bekunden, und jede Hilfe, die du anbietest, wäre willkommen.»

«Du hast Recht, inkorrekt wäre das nicht. Aber was willst du eigentlich wirklich, Conway? Herausfinden, wer das Mädchen umgebracht hat?»

«Genau das.»

«Du selbst hast keine Ahnung?»

«Nicht die geringste.»

«Du wirst es nicht glauben», sagte Sir Henry bedächtig, «aber hier im Hotel befindet sich in diesem Augenblick eine Spezialistin im Rätsellösen, eine, die darin besser ist als ich und die aller Wahrscheinlichkeit nach über Informationen aus der Umgebung verfügt.»

«Wen meinst du?»

«Unten in der Halle, neben dem dritten Pfeiler links, sitzt eine alte Dame mit einem lieben, sanften Altjungferngesicht und einem Verstand, der die Abgründe menschlicher Schlechtigkeit kennt und sie als gegeben hinnimmt. Ich meine Miss Marple. Sie wohnt in St. Mary Mead, einem Dorf anderthalb Meilen von Gossington entfernt. Sie ist eine Freundin der Bantrys – in Sachen Verbrechen die absolute Expertin, Conway.»

Jefferson runzelte die buschigen Brauen und sagte langsam: «Soll das ein Scherz sein?»

«Keineswegs. Du hast doch eben Melchett erwähnt. Das letzte Mal, als ich ihn gesehen habe, war er mit der Aufklärung einer ländlichen Tragödie befasst. Ein Mädchen, das angeblich ins Wasser gegangen war. Die Polizei nahm zu Recht an, dass es sich nicht um Selbstmord, sondern um Mord handelte, und glaubte auch zu wissen, wer der Täter war. Und auf einmal kommt die alte Miss Marple zu mir, flatternd vor Aufregung. Sie hätte Angst, sagt sie, der Falsche könnte gehängt werden. Einen Beweis hätte sie nicht, aber sie wüsste, wer's gewesen sei. Gibt mir einen Zettel mit einem Namen drauf. Und bei Gott, Jefferson, sie hatte Recht!»

Conway Jeffersons Brauen senkten sich noch tiefer über die ungläubigen Augen. «Weibliche Intuition, nehme ich an», brummte er.

«Sie nennt es anders: Spezialwissen.»

«Und das bedeutet?»

«Genau das, was wir uns auch bei der Polizeiarbeit zunutze machen. Ein Einbruch wird gemeldet, und normalerweise wissen wir recht genau, wer ihn verübt hat, welcher von den üblichen Kandidaten zumindest. Wir kennen ihre Vorgehensweise. Miss Marple hat da so ihre Parallelen aus dem Dorfleben, trivial gelegentlich, aber recht interessant.»

«Aber was sollte sie von einem Mädchen wissen, das in Theaterkreisen aufgewachsen und wahrscheinlich nie im Leben in einem Dorf gewesen ist?», fragte Jefferson skeptisch.

«Sie wird schon ihre Theorien haben», erwiderte Sir Henry Clithering entschieden.

II

Miss Marple errötete vor Freude, als Sir Henry sich zu ihr hinabbeugte.

«Oh, Sir Henry, was für ein glücklicher Zufall, Sie hier zu treffen!»

«Es ist mir ein großes Vergnügen», erwiderte Sir Henry galant.

«Sehr liebenswürdig», murmelte Miss Marple und errötete noch tiefer.

«Wohnen Sie hier im Hotel?»

«Ja – ja, wir wohnen hier.»

«Wir?»

«Mrs. Bantry und ich.» Sie sah ihn forschend an. «Haben Sie's schon gehört? Ja, ich seh's Ihnen an. Schrecklich, nicht wahr?»

«Was macht denn Dolly Bantry hier? Ist ihr Man auch da?»

«Nein. Die beiden reagieren ja ganz unterschiedlich auf die Sache. Colonel Bantry, der Ärmste, schließt sich in seinem Arbeitszimmer ein, oder er fährt aufs Gut hinaus, wenn etwas Unangenehmes passiert. Wie eine Schildkröte, verstehen Sie? Zieht den Kopf ein und hofft, nicht gesehen zu werden. Dolly ist da ganz anders.»

«Dolly freut sich geradezu darüber, wie?», sagte Sir Henry, der seine alte Freundin gut kannte.

«Nun, äh, doch, ja. Die Ärmste.»

«Und Sie sollen für sie die Kaninchen aus dem Hut zaubern?»

«Dolly dachte, ein Tapetenwechsel würde ihr gut tun, und allein wollte sie nicht fahren», entgegnete Miss Marple gelassen. Ihre Blicke trafen sich, und sie zwinkerte leicht. «Aber Sie sehen es natürlich ganz richtig, Sir Henry. Mir ist die Sache etwas peinlich, denn ich werde ihr da keine Hilfe sein können.»

«Sie haben keine Theorie? Keine Dorfparallele?»

«Ich weiß noch kaum etwas über die ganze Angelegenheit.»

«Ich denke, dem kann abgeholfen werden. Ich kann Sie über gewisse Dinge informieren, Miss Marple.»

Er gab ihr einen kurzen Bericht. Miss Marple lauschte gespannt.

«Der arme Mr. Jefferson», sagte sie. «Was für eine traurige Geschichte! Entsetzlich, diese Unfälle! Dass er als Krüppel weiterleben muss, ist doch fast grausamer, als wenn er mit den anderen umgekommen wäre.»

«Allerdings. Seine Freunde bewundern ihn dafür, mit welch eiserner Energie er sein Leben meistert, wie er Schmerzen, Kummer und körperliche Behinderung bezwungen hat.»

«Ja, ganz großartig.»

«Das Einzige, was ich nicht verstehe, ist diese plötzliche Begeisterung für das Mädchen. Aber gut, ein paar bemerkenswerte Eigenschaften mag sie ja gehabt haben.»

«Wohl eher nicht», entgegnete Miss Marple bedächtig.

«Nein?»

«Ich glaube nicht, dass ihre Eigenschaften eine Rolle gespielt haben.»

«Conway Jefferson ist kein alter Lustmolch, Miss Marple.»

«Nein, nein, natürlich nicht!» Miss Marples Gesicht färbte sich tief rosa. «Das habe ich damit nicht im Entferntesten gemeint! Ich habe mich schlecht ausgedrückt. Ich will damit nur sagen, dass er sich nach einem netten, fröhlichen Mädchen umgesehen hat, das die Stelle seiner verstorbenen Tochter einnehmen sollte. Und Ruby Keene hat ihre Chance erkannt und sie genutzt, so gut sie konnte. Das klingt herzlos, ich weiß, aber ich kenne viele solche Fälle. Das junge Dienstmädchen bei Mr. Harbottle zum Beispiel. Eine ausgesprochen gewöhnliche Person, aber einigermaßen wohlerzogen. Mr. Harbottles Schwester wurde zu einer sterbenden Verwandten gerufen, und als sie wiederkam, kannte das Mädchen keine Grenzen mehr und saß ohne Häubchen und Schürze lachend und schwatzend im Salon. Miss Harbottle wies sie scharf zurecht, das Mädchen wurde unverschämt, und schließlich hat der alte Mr. Harbottle seiner Schwester mitgeteilt, sie habe ihm lange genug den Haushalt geführt und er werde sich wohl nach einer anderen Lösung umsehen müssen. Sie war wie vor den Kopf geschlagen.

Im Dorf hat die Geschichte ungeheures Aufsehen erregt, aber die arme Miss Harbottle musste fort und wohnt jetzt höchst unkomfortabel in möblierten Zimmern in Eastbourne. Es gab natürlich allerhand Gerede, aber ich glaube nicht, dass etwas daran war. Der alte Mann fand es wohl einfach angenehmer, von einem fröhlichen jungen Mädchen gesagt zu bekommen, wie klug und amüsant er sei, als sich von seiner Schwester ständig seine Fehler vorhalten zu lassen, auch wenn sie eine gute Wirtschafterin war.»

Nach einer kurzen Pause fuhr Miss Marple fort: «Und dann der Drogist, Mr. Badger. Hat viel Aufhebens von der jungen Verkäuferin in seiner Kosmetikabteilung gemacht und seiner Frau gesagt, sie müssten sie wie eine Tochter behandeln und sie zu sich ins Haus nehmen. Mrs. Badger war da natürlich anderer Meinung.»

«Wenn es wenigstens ein Mädchen aus seinen eigenen Kreisen gewesen wäre, die Tochter eines Freundes...»

«Aber das wäre doch nicht annähernd so befriedigend für ihn gewesen!», unterbrach ihn Miss Marple. «Es ist wie mit König Cophetua und der Bettlerin. Für einen müden, einsamen alten Mann, dessen Familie ihn möglicherweise vernachlässigt» – sie schwieg einen Moment – «ist es doch wesentlich reizvoller, sich um jemanden zu kümmern, der von seiner Großzügigkeit ganz überwältigt ist, um es etwas melodramatisch auszudrücken. Ich hoffe, Sie verstehen, was ich meine. Er fühlt sich dadurch ungleich bedeutender – der gütige Monarch! Und die Beschenkte ist tiefer beeindruckt, was für den alten Mann ebenfalls ein sehr angenehmes Gefühl ist.»

Sie hielt kurz inne und erzählte dann weiter: «Mr. Badger machte dem Mädchen die üppigsten Geschenke: ein Brillantarmband und einen sündhaft teuren Radioapparat mit Plattenspieler. Hat dafür einen Großteil seiner Ersparnisse ausgegeben. Aber Mrs. Badger, die um einiges schlauer war als die arme Miss Harbottle – die Ehe ist da ein guter Ratgeber –, hat sich die Mühe gemacht, genauer nachzuforschen. Sie fand heraus, dass das Mädchen mit einem höchst zweifelhaften jungen Mann liiert war, der etwas mit Pferderennen zu tun hatte, und dass sie das Armband versetzt und ihm das Geld gegeben hatte. Mr. Badger war hell empört, und die Affäre nahm ein glimpfliches Ende. Zum nächsten Weihnachtsfest hat er seiner Frau einen Brillantring geschenkt.»

Miss Marples freundliche, kluge Augen begegneten denen Sir Henrys. Er fragte sich, ob sie ihm mit ihrer Geschichte einen Hinweis geben wollte.

«Wollen Sie damit andeuten», sagte er, «dass sich die Einstellung meines Freundes zu Ruby Keene geändert hätte, wenn es einen jungen Mann in ihrem Leben gegeben hätte?»

«Ich denke schon. Mag sein, dass er in ein, zwei Jahren selbst eine Heirat für sie arrangiert hätte – was allerdings eher unwahrscheinlich ist; Männer sind ja im Allgemeinen ziemlich egoistisch. Jedenfalls hätte Ruby Keene, wenn sie einen Freund gehabt hätte, bestimmt nichts darüber verlauten lassen.»

«Und das hätte ihr der junge Mann übel genommen?»

«Das ist in meinen Augen die plausibelste Erklärung. Wissen Sie, mir ist aufgefallen, dass Rubys Kusine, die junge Frau, die heute Morgen in Gossington Hall war, richtiggehend wütend auf das tote Mädchen zu sein schien. Und was *Sie* mir erzählt haben, würde auch erklären, warum. Sie hatte sich zweifellos schon darauf gefreut, ein großes Stück von dem Kuchen abzubekommen.»

«Also ein kalt berechnender Charakter?»

«Das wäre ein zu hartes Urteil. Die Arme muss ihren Lebensunterhalt sauer verdienen, da kann man nicht von ihr erwarten, dass sie sich groß darüber grämt, wenn ein wohlhabender Mann und eine wohlhabende Frau – so haben Sie Mr. Gaskell und Mrs. Jefferson ja beschrieben – um eine hohe Summe gebracht werden, auf die sie im Grunde keinerlei moralischen Anspruch haben. Miss Turner ist eine praktisch denkende, ehrgeizige junge Frau, würde ich sagen, gutartig und recht lebenslustig. Ein bisschen wie Jessie Golden, die Bäckerstochter.»

«Was war mit der?», wollte Sir Henry wissen.

«Sie ließ sich als Kindermädchen ausbilden und heiratete den Sohn des Hauses, der auf Urlaub aus Indien da war. War ihm eine sehr gute Frau, soviel ich weiß.»

Sir Henry holte seine Gedanken von diesen faszinierenden Nebengleisen zurück und fragte: «Können Sie sich irgendeinen Grund vorstellen, warum mein Freund Conway Jefferson plötzlich diesen ‹Cophetua-Komplex›, wenn Sie so wollen, entwickelt hat?»

«Ich denke schon.»

«Und welchen?»

Miss Marple zögerte einen Moment.

«Es könnte sein – das ist natürlich nur eine Vermutung –, dass sein Schwiegersohn und seine Schwiegertochter wieder heiraten wollten.»

«Dagegen hätte er doch gewiss nichts einzuwenden.»

«Nein, nein, natürlich nicht. Aber betrachten Sie es einmal von seinem Standpunkt aus. Er hat Furchtbares durchgemacht, hat einen schweren Verlust erlitten, ebenso wie Mrs. Jefferson und Mr. Gaskell. Die drei leben zusammen, und was sie verbindet, ist eben dieser Verlust. Aber die Zeit heilt alle Wunden, wie meine liebe Mutter immer zu sagen pflegte. Mr. Gaskell und Mrs. Jefferson sind noch jung. Ohne dass es ihnen bewusst ist, mag eine gewisse Unruhe in ihnen aufgekommen sein, und sie beginnen sich durch ihre Lebenssituation eingeengt zu fühlen. Vielleicht hat der alte Mr. Jefferson plötzlich eine unerklärliche Distanziertheit an ihnen bemerkt. Wie das eben so geht – Männer fühlen sich ja so leicht vernachlässigt. Bei den Harbottles lag das an Miss Harbottles Reise, bei den Badgers an Mrs. Badgers' Interesse für den Spiritismus und die Séancen, zu denen sie alle naslang ging.»

«Ich muss sagen», beklagte sich Sir Henry, «es gefällt mir nicht, wie Sie uns Männer ständig in einen Topf werfen.»

Miss Marple schüttelte betrübt den Kopf. «Die menschliche Natur ist überall mehr oder weniger die gleiche, Sir Henry.»

«Mr. Harbottle! Mr. Badger! Und der arme Conway! Ich möchte ja nicht persönlich werden, aber haben Sie in Ihrem Dorf nicht auch eine Parallele für meine Wenigkeit?»

«Doch, durchaus: Briggs.»

«Wer ist Briggs?»

«Der Obergärtner in Old Hall. Der beste, den sie dort je hatten. Hat es immer sofort gemerkt, wenn einer der Untergärtner herumgetrödelt hat – geradezu unheimlich war das! Kam mit nur drei Mann und einem Lehrling aus, und der Park war gepflegter, als wenn er sechs Leute unter sich gehabt hätte. Hat mit seinen Gartenwicken mehrmals den ersten Preis gewonnen. Ist jetzt im Ruhestand.»

«Wie ich», sagte Sir Henry.

«Aber er übernimmt noch Gelegenheitsarbeiten – wenn er die Leute mag.»

«Aha. Auch wie ich. Genau das mache ich ja jetzt: Gelegenheitsarbeit – um einem alten Freund zu helfen.»

«Zwei alten Freunden.»

«Zweien?», fragte Sir Henry leicht verwundert.

«Sie meinen sicher Mr. Jefferson, aber an den dachte ich gerade gar nicht. Ich dachte an Colonel und Mrs. Bantry.»

«Ah ja, verstehe.» Dann fragte er unvermittelt: «Haben Sie Dolly Bantry deshalb vorhin ‹die Ärmste› genannt?»

«Ja. Sie hat die Lage noch nicht annähernd erfasst – im Gegensatz zu mir, ich habe da mehr Erfahrung. Sehen Sie, Sir Henry, nach meinem Eindruck wird dieses Verbrechen aller Wahrscheinlichkeit nach zu jenen gehören, die niemals aufgeklärt werden. Wie die Schrankkoffer-Morde von Brighton. Und das wäre für die Bantrys absolut verheerend. Colonel Bantry ist wie fast alle ehemaligen Militärs extrem sensibel. Er reagiert äußerst empfindlich auf die öffentliche Meinung. Eine Zeit lang wird er es noch nicht merken, aber nach und nach wird es ihm bewusst werden: eine Kränkung hier, eine Abfuhr da, ausbleibende Einladungen, Ausflüchte – und eines Tages ist ihm alles klar, und er zieht sich in sein Schneckenhaus zurück und verfällt in schwärzeste Trübsal.»

«Verstehe ich Sie recht, Miss Marple? Sie meinen, da die Leiche in seiner Bibliothek gefunden wurde, werden die Leute denken, er hätte etwas mit der Sache zu tun?»

«Natürlich! Ich bin sicher, es wird bereits geredet. Und es wird immer mehr geredet werden. Die Leute werden den Bantrys zunehmend die kalte Schulter zeigen, und deshalb muss der Fall unbedingt aufgeklärt werden. Das ist auch der Grund, warum ich eingewilligt habe, Mrs. Bantry hierher zu begleiten. Eine offene Anklage ist *eine* Sache, damit wird ein Soldat leicht fertig. Er ist empört, aber er kann kämpfen. Getuschel hinter seinem Rücken ist etwas ganz anderes – es wird ihn vernichten, ihn und seine Frau. Sie sehen also, Sir Henry, wir *müssen* die Wahrheit finden!»

«Haben Sie eine Vorstellung, wie die Leiche in sein Haus gekommen sein könnte? Es muss doch irgendeine Erklärung dafür geben. Irgendeinen Zusammenhang.»

«Aber sicher.»

«Zum letzten Mal gesehen wurde das Mädchen um zwanzig vor elf hier im Hotel. Um Mitternacht war sie nach Aussagen des Arztes tot. Nach Gossington sind es von hier aus etwa achtzehn Meilen, und bis zu der Abzweigung nach sechzehn Meilen ist die Straße gut. Ein starker Wagen schafft das in weit weniger als einer halben Stunde; fünfunddreißig Minuten würde im Schnitt jedes Auto brauchen. Aber warum jemand Ruby entweder hier töten und die Leiche nach Gossington bringen oder mit ihr nach Gossington fahren und sie dort erwürgen sollte, ist mir schleierhaft.»

«Verständlich – so ist es ja auch nicht gewesen.»

«Sie meinen, irgendein Bursche hat eine Fahrt mit ihr unternommen, sie unterwegs erwürgt und sie dann ins nächstbeste Haus geschleppt?»

«Ich meine nichts dergleichen. Meiner Ansicht nach war es ein minutiös geplanter Mord. Aber der Plan ist fehlgeschlagen.»

Sir Henry starrte sie an. «Und warum?»

«Es passieren ja die merkwürdigsten Dinge», sagte Miss Marple entschuldigend. «Wenn ich sagen würde, der Plan ist gescheitert, weil der Mensch nun einmal empfindsamer und verletzlicher ist als allgemein angenommen, dann würde sich das nicht sehr vernünftig anhören, nicht wahr? Aber genau das glaube ich, und…»

Sie brach ab. «Ah, da kommt ja Mrs. Bantry.»

Neuntes Kapitel

I

Mrs. Bantry kam mit Adelaide Jefferson heran. Als sie Sir Henry sah, rief sie: «Sie hier?»

«Höchstpersönlich.»

Er nahm ihre beiden Hände und drückte sie voll Wärme. «Ich kann Ihnen gar nicht sagen, wie Leid mir das alles tut, Mrs. B.»

«Nennen Sie mich nicht Mrs. B.!», rief Mrs. Bantry mechanisch und fuhr dann fort: «Arthur ist nicht hier. Er nimmt sich das alles so zu Herzen. Aber Miss Marple und ich wollen ein bisschen Detektiv spielen. Kennen Sie Mrs. Jefferson?»

«Aber gewiss.»

Man gab sich die Hand, und Adelaide Jefferson sagte: «Haben Sie schon mit meinem Schwiegervater gesprochen?»

«Ja.»

«Das ist gut. Wir machen uns solche Sorgen um ihn. Es war ein furchtbarer Schock für ihn.»

«Wollen wir nicht auf der Terrasse etwas trinken?», fragte Mrs. Bantry, «dann können wir uns in Ruhe über alles unterhalten.»

Sie gingen hinaus und gesellten sich zu Mark Gaskell, der allein am anderen Ende der Terrasse saß.

Nachdem man ein paar Belanglosigkeiten ausgetauscht hatte und die Getränke gebracht worden waren, steuerte Mrs. Bantry in ihrer üblichen Direktheit geradewegs auf ihr Ziel zu.

«Wir können doch darüber reden, nicht wahr?», fragte sie. «Schließlich sind wir ja alte Freunde, Miss Marple ausgenommen, aber sie ist *die* Expertin für Verbrechen. Sie möchte uns helfen.»

Mark Gaskell sah Miss Marple ein wenig beunruhigt an und fragte skeptisch: «Schreiben Sie, äh, Kriminalromane?»

Die merkwürdigsten Leute schrieben ja Kriminalromane, und Miss Marple sah in ihren altmodischen Altjungfernkleidern ganz besonders merkwürdig aus.

«Aber nein, dazu fehlt mir das Talent.»

«Sie ist großartig», sagte Mrs. Bantry ungeduldig. «Ich kann das jetzt nicht erklären, aber es ist so. Also, Addie, ich möchte alles wissen. Wie war sie eigentlich, diese Ruby Keene?»

«Nun...» Adelaide Jefferson hielt inne, warf Mark einen Blick zu und musste ein wenig lachen. «Du bist so direkt», sagte sie.

«Mochtet ihr sie?»

«Nein, natürlich nicht.»

«Wie war sie denn nun?» Mrs. Bantry verlagerte ihre Nachforschungen auf Mark Gaskell.

«Gewöhnlich. War nur aufs Geld aus. Wusste genau, wie sie's anstellen muss. Hatte Jeff fest am Haken.»

Beide nannten ihren Schwiegervater Jeff.

Taktloser Bursche, dachte Sir Henry mit einem missbilligenden Blick auf Mark. Etwas Zurückhaltung könnte ihm nicht schaden. Er hatte Mark Gaskell nie sonderlich gemocht. Der Mann war charmant, aber unzuverlässig, er redete zu viel, prahlte gelegentlich – nicht unbedingt jemand, dem man Vertrauen entgegenbrachte. Sir Henry hatte sich manchmal gefragt, ob Conway Jefferson nicht ebenso dachte.

«Aber konnten Sie denn nichts *tun*?», fragte Mrs. Bantry.

«Schon», erwiderte Mark trocken, «wenn wir es rechtzeitig gemerkt hätten.»

Er warf Adelaide einen Blick zu, und sie errötete ein wenig. Ein Vorwurf lag in diesem Blick.

«Mark meint, ich hätte es voraussehen müssen», sagte sie.

«Du hast den alten Knaben zu viel allein gelassen, Addie. Die vielen Tennisstunden und das alles...»

«Ich brauchte nun mal Bewegung», sagte sie entschuldigend. «Ich hätte ja nicht im Traum gedacht...»

«Stimmt», unterbrach Mark, «wir beide hätten nicht im Traum daran gedacht. Jeff ist sonst ein so vernünftiger alter Knabe, bewahrt stets kühlen Kopf.»

«Männer», schaltete sich Miss Marple ein, «sind oft bei weitem nicht so nüchtern, wie man glaubt.» Auf ihre altjüngferliche Art sprach sie vom anderen Geschlecht wie von einer Spezies wilder Tiere.

«Da haben Sie Recht», sagte Mark. «Aber leider, Miss Marple, haben wir uns das nicht klargemacht. Wir haben uns nur gefragt, was der alte Knabe an diesem unscheinbaren, verlogenen kleinen Biest findet. Andererseits waren wir froh, dass er sich so gut amüsiert hat. Schaden kann es nichts, dachten wir. Von wegen! Ich wollte, *ich* hätte ihr den Hals umgedreht!»

«Mark», sagte Addie, «du solltest wirklich aufpassen, was du sagst.»

Er grinste sie freundlich an.

«Sollte ich, ja. Sonst denkt man, ich hätte ihr tatsächlich den Hals umgedreht. Aber was soll's, ich werde ja wohl sowieso verdächtigt. Wenn jemand ein Interesse am Tod des Mädchens hatte, dann Addie und ich.»

«Mark!», rief Mrs. Jefferson halb lachend und halb ärgerlich. «Ich bitte dich!»

«Schon gut, schon gut», beschwichtigte Mark Gaskell. «Ich sage nun mal gern, was ich denke. Fünfzigtausend Pfund wollte unser geschätzter Schwiegervater dieser halbgaren, durchtriebenen Mieze aussetzen!»

«Mark, bitte! Sie ist tot.»

«Ja, sie ist tot, das arme kleine Luder. Aber warum hätte sie nicht die Waffen einer Frau einsetzen sollen? Steht mir darüber ein Urteil zu? Hab in meinem Leben selbst genug Schandtaten begangen. Sagen wir also, Ruby hatte jedes Recht, ihr Süppchen zu kochen, wir waren nur zu dumm, es ihr rechtzeitig zu versalzen.»

«Was haben Sie gesagt, als Conway Ihnen eröffnet hat, dass er das Mädchen adoptieren will?», fragte Sir Henry.

Mark breitete die Arme aus. «Was sollten wir groß sagen? Addie ist ja immer ganz Dame und hat sich bewundernswert beherrscht. Hat sich nichts anmerken lassen. Und ich hab mich bemüht, ihrem Beispiel zu folgen.»

«Also, *ich* hätte mich da furchtbar aufgeregt!», warf Mrs. Bantry ein.

«Dazu hatten wir, offen gestanden, nicht das Recht. Es ist Jeffs Geld, und wir sind nicht blutsverwandt mit ihm. Er war immer verdammt nett zu uns. Wir konnten nichts tun als die Kröte schlucken.» Nachdenklich fügte er hinzu: «Aber begeistert waren wir natürlich nicht.»

«Wenn es wenigstens jemand aus seinen eigenen Kreisen gewesen wäre», sagte Adelaide. «Jeff hat zwei Patenkinder. Wenn er sich eines von ihnen ausgesucht hätte – das hätte man ja noch verstanden.» Und mit leisem Groll setzte sie hinzu: «Und Peter hat er doch so gern.»

«Ach, richtig», sagte Mrs. Bantry, «das hatte ich ganz vergessen. Peter ist ja dein Sohn aus erster Ehe. Für mich war er immer Mr. Jeffersons Enkel.»

«Für mich auch», sagte Adelaide. Irgendetwas in ihrer Stimme veranlasste Miss Marple, sich ihr zuzuwenden.

«An alldem ist nur Josie schuld», sagte Mark. «Die hat sie hierher gebracht.»

«Aber du glaubst doch nicht im Ernst», sagte Adelaide, «dass sie darauf spekuliert hat? Du mochtest Josie doch immer so gern.»

«Ja. Für mich war sie immer ein guter Kumpel.»

«Es war reiner Zufall, dass sie ihre Kusine hergeholt hat.»

«Josie ist aber nicht auf den Kopf gefallen, meine Liebe.»

«Ja, sicher, aber sie konnte doch nicht voraussehen...»

«Stimmt, konnte sie nicht. Ich sage auch nicht, dass sie das alles geplant hat. Aber ich bin mir sicher, dass sie lange vor uns gemerkt hat, woher der Wind weht, und dass sie hübsch den Mund gehalten hat.»

«Das kann man ihr nicht zum Vorwurf machen», seufzte Adelaide.

«Niemandem kann man etwas zum Vorwurf machen!»

«War Ruby Keene sehr hübsch?», wollte Mrs. Bantry wissen.

Mark sah sie groß an. «Ich dachte, Sie hätten sie ...»

«Ja, schon, aber nur ihre – ihre Leiche. Sie ist ja erwürgt worden, und da konnte man nicht ...» Sie schauderte.

«Ich fand sie überhaupt nicht hübsch», meinte Mark nachdenklich. «Ohne Make-up wär sie's zumindest nicht gewesen. Spitzes, schmales Gesicht, kaum Kinn, so schräg nach innen stehende Zähne, komische Nase ...»

«Klingt ja schrecklich», sagte Mrs. Bantry.

«Nein, nein, so schlimm war's auch wieder nicht. Wie gesagt, mit Make-up sah sie ganz passabel aus, nicht wahr, Addie?»

«Ja, so eine Art Reklame-Schönheit, ganz in Rosa und Weiß. Aber schöne blaue Augen hatte sie.»

«Ja, naive Babyaugen, und die kohlschwarz getuschten Wimpern haben das Blau noch betont. Die Haare waren natürlich gefärbt. Diese Farben – alles künstlich, versteht sich. Wenn ich's mir recht überlege, hatte sie darin eine gewisse Ähnlichkeit mit Rosamund, meiner Frau. Möglich, dass der alte Mann dadurch überhaupt erst auf sie aufmerksam geworden ist.»

Er seufzte und fuhr fort: «Üble Sache jedenfalls. Und so schlimm es ist: Addie und ich sind im Grunde froh, dass sie tot ist ...»

Seine Schwägerin wollte protestieren, aber er kam ihr zuvor: «Was soll's, Addie? Ich weiß doch, wie dir zumute ist, und mir geht's ganz genauso. Das leugne ich gar nicht! Andererseits mache ich mir schreckliche Sorgen um Jeff, verstehen Sie? Das Ganze hat ihn schwer getroffen. Ich ...»

Er unterbrach sich und sah zur Terrassentür hinüber.

«Sieh mal, wer da kommt. Na, du bist mir ja eine, Addie!»

Mrs. Jefferson drehte sich um, stieß einen kleinen Schrei aus und erhob sich. Eine leichte Röte stieg ihr in die Wangen. Raschen Schrittes steuerte sie auf einen hoch gewachsenen Mann mittleren Alters mit schmalem, sonnengebräuntem Gesicht zu, der sich suchend umsah.

«Ist das nicht Hugo McLean?», fragte Mrs. Bantry.

«Allerdings», antwortete Mark Gaskell, «alias William Dobbin.»

«Ein getreuer Vasall, was?», murmelte Mrs. Bantry.

«Anhänglich wie ein Hund. Addie braucht nur zu pfeifen, schon kommt er gesprungen, egal, aus welchem Winkel der Erde. Gibt die Hoffnung nicht auf, dass sie ihn eines Tages heiratet. Und irgendwann tut sie's wohl auch.»

Miss Marple betrachtete die beiden strahlend. «Eine Romanze also.»

«Eine von der guten altmodischen Art», versicherte Mark ihr. «Das geht schon jahrelang so. Addie ist eben der Typ für so was.» Nachdenklich fügte er hinzu: «Wahrscheinlich hat sie ihn heute Morgen angerufen und mir nur nichts davon gesagt.»

Edwards näherte sich diskret und blieb neben Mark stehen.

«Verzeihung, Sir, Mr. Jefferson hätte Sie gern gesprochen.»

«Ich komme sofort.»

Mark sprang auf und nickte den anderen zu. «Bis später», sagte er und ging davon.

Sir Henry beugte sich zu Miss Marple und fragte: «Nun, was halten Sie von den Hauptnutznießern des Verbrechens?»

Miss Marple sah gedankenvoll zu Adelaide Jefferson hinüber, die sich mit ihrem alten Freund unterhielt. «Eine rührende Mutter, würde ich sagen.»

«O ja, das ist sie», sagte Mrs. Bantry. «Peter ist ihr Ein und Alles.»

«Eine Frau, die jeder mag», fuhr Miss Marple fort. «Eine, die jederzeit wieder heiraten könnte. Aber kein Vamp – das ist etwas ganz anderes.»

«Ja, ich weiß, was Sie meinen», stimmte Sir Henry zu.

«Und eine gute Zuhörerin ist sie», sagte Mrs. Bantry. «Das ist es wohl, was ihr beide meint.»

Sir Henry lachte. «Und Mark Gaskell?»

«Der? Ein durchtriebener Bursche», antwortete Miss Marple.

«Die Dorfparallele?»

«Mr. Cargill, der Bauunternehmer. Hat eine Menge Leute überredet, Sachen in ihre Häuser einbauen zu lassen, die sie gar nicht brauchten. Unsummen hat er dafür verlangt! Konnte seine Rechnungen aber immer absolut überzeugend erklären. Gerissener Bursche. Hat Geld geheiratet. Wie Mr. Gaskell, nehme ich an.»

«Sie mögen ihn wohl nicht.»

«Doch, doch. Die meisten Frauen werden ihn mögen. Aber mir kann er nichts vormachen. Er mag ja sehr attraktiv sein, aber es ist doch recht unklug von ihm, so viel zu reden.»

«Unklug – das ist das richtige Wort», sagte Sir Henry. «Wenn er nicht aufpasst, wird er sich noch um Kopf und Kragen reden.»

Ein hoch gewachsener, dunkelhaariger junger Mann in weißen Flanellhosen kam die Terrassenstufen herauf und blieb einen Moment stehen, als er Adelaide Jefferson und Hugo McLean sah.

«Und das», setzte Sir Henry die beiden Damen ins Bild, «ist X, bei dem wir ebenfalls ein gewisses Interesse annehmen dürfen. Er ist Eintänzer und Tennistrainer hier im Hotel. Raymond Starr, Ruby Keenes Partner.»

Miss Marple betrachtete ihn neugierig. «Was für ein gut aussehender junger Mann!»

«Wie man's nimmt.»

«Na, hör mal, Henry», sagte Mrs. Bantry, «was heißt hier ‹wie man's nimmt›? Er *sieht* gut aus.»

«Hat Mrs. Jefferson nicht erzählt, dass sie Tennisstunden nimmt?», murmelte Miss Marple.

«Willst du damit etwas Bestimmtes sagen, Jane?»

Miss Marple hatte keine Gelegenheit mehr, diese direkte Frage zu beantworten, denn Peter Carmody kam über die Terrasse und setzte sich zu ihnen.

«Sind Sie auch von der Polizei?», wandte er sich an Sir Henry. «Ich hab Sie vorhin mit dem Superintendent reden sehen. Der Dicke ist doch Superintendent, oder?»

«Ganz recht, mein Junge.»

«Und Sie waren ein ganz hohes Tier in London, hab ich gehört. Chef von Scotland Yard oder so.»

«Ist der Chef von Scotland Yard in Kriminalromanen nicht immer eine komplette Niete?»

«Nein, nein, jetzt nicht mehr. Die Polizei auf die Schippe zu nehmen ist längst aus der Mode. Wissen Sie schon, wer den Mord begangen hat?»

«Leider nein.»

«Das alles macht dir richtig Spaß, Peter, was?», fragte Mrs. Bantry.

«Ja, klar, ist doch mal was anderes. Ich hab schon überall nach Spuren gesucht, aber nichts gefunden. Dafür hab ich ein Andenken. Möchten Sie's sehen? Mutter wollte, dass ich's wegschmeiße, stellen Sie sich das vor! Eltern sind manchmal so was von komisch!»

Er griff in die Hosentasche und förderte eine Streichholzschachtel zutage, schob sie auf und präsentierte den kostbaren Inhalt.

«Ein Fingernagel! Von ihr! Ich werde ‹Fingernagel der Ermordeten› draufschreiben und ihn mit in die Schule nehmen. Gutes Andenken, was?»

«Wo hast du denn *den* her?», fragte Miss Marple.

«Reines Glück. Ich wusste ja noch nicht, dass sie später ermordet wird. Es war gestern Abend, kurz vor dem Essen. Ruby ist an Josies Tuch hängen geblieben und hat sich den Nagel eingerissen. Mum hat ihn ihr abgeschnitten, und ich sollte ihn in den Papierkorb werfen. Das wollte ich auch erst, aber dann hab ich ihn eingesteckt. Heute früh ist er mir wieder eingefallen, und ich hab nachgeschaut, ob er noch da ist, und jetzt hab ich mein Andenken.»

«Ist ja ekelhaft!», sagte Mrs. Bantry.

«Ja, finden Sie?», antwortete Peter höflich.

«Hast du noch andere Andenken?», fragte Sir Henry.

«Hm, ich weiß nicht. Ich hab was, das könnte auch eins sein.»

«Raus damit, junger Mann!»

Peter sah ihn nachdenklich an. Dann brachte er einen Briefumschlag zum Vorschein und zog ein bräunliches Stück Schnur daraus hervor.

«Das ist ein Stück Schnürsenkel von diesem George Bartlett», erklärte er. «Die Schuhe standen heute früh vor seiner Tür, und da hab ich's abgemacht, für alle Fälle.»

«Für welche Fälle?»

«Na, dass er der Mörder ist. Er war der Letzte, der sie gesehen hat, und so was ist doch immer furchtbar verdächtig. Gibt's bald Essen? Ich hab einen Riesenhunger. Wie lang das immer dauert vom Tee bis zum Abendessen! Ach, da ist ja Onkel Hugo. Ich hab gar nicht gewusst, dass Mum ihn hergeholt hat. Das macht sie immer, wenn sie in der Patsche sitzt. Da kommt Josie. Tag, Josie!»

Josephine Turner blieb stehen, sichtlich erstaunt, Mrs. Bantry und Miss Marple zu sehen.

«Guten Tag, Miss Turner», sagte Mrs. Bantry freundlich. «Wir wollen hier ein bisschen Detektiv spielen.»

Josie sah sich mit einem schnellen, schuldbewussten Blick um und sagte leise: «Es ist schrecklich. Die Leute wissen es noch nicht, weil es noch nicht in der Zeitung steht, aber bald wird mir jeder hier Fragen stellen. Das ist so peinlich, ich weiß gar nicht, was ich dann sagen soll.»

«Ja, das wird nicht ganz einfach für Sie werden», sagte Miss Marple.

Ihr Mitgefühl tat Josie wohl, und sie sah Miss Marple wehmütig an.

«Mr. Prestcott hat mich gebeten, nicht darüber zu sprechen», sagte sie. «Das ist ja schön und gut, aber alle hier werden Näheres wissen wollen, und man kann die Leute doch nicht vor den Kopf stoßen, oder? Mr. Prestcott sagt, er hofft, dass ich es schaffe, einfach so weiterzumachen wie bisher. Er war ja ziemlich wütend, also werde ich mir natürlich alle Mühe geben. Aber ich sehe gar nicht ein, dass ich an allem schuld sein soll.»

«Wären Sie so freundlich, mir eine etwas direkte Frage zu beantworten, Miss Turner?», wandte Sir Henry sich an sie.

«Fragen Sie, was immer Sie wollen», lautete Josies ein wenig heuchlerische Antwort.

«Hat es zwischen Ihnen, Mrs. Jefferson und Mr. Gaskell Unstimmigkeiten wegen der ganzen Angelegenheit gegeben?»

«Wegen des Mordes, meinen Sie?»

«Nein, nicht deswegen.»

Josie schlang die Finger ineinander und erwiderte etwas mürrisch: «Ja und nein, könnte man sagen. Gesagt haben sie nichts, aber ich glaube, sie geben mir die Schuld – daran, dass Mr. Jefferson sich so für Ruby interessiert hat, meine ich. Aber ich konnte doch nichts dafür! So was passiert eben, und ich hab vorher nicht im Traum daran gedacht, dass es passieren würde, nicht eine Sekunde! Ich – ich war selber sprachlos.»

Ihre Worte klangen unbestreitbar ehrlich.

«Das kann ich mir gut vorstellen», sagte Sir Henry freundlich. «Und nachher, *als* es passiert war?»

Josie warf den Kopf zurück. «Das war eben Glück. Ein bisschen Glück darf man ja wohl mal haben.»

Sie blickte fragend und ein wenig trotzig in die Runde und ging dann über die Terrasse ins Hotel zurück.

«Die war's bestimmt nicht», sagte Peter fachmännisch.

Miss Marple murmelte: «Dieses Stück Fingernagel – interessant. Ich frage mich die ganze Zeit ... Wenn ich an ihre Nägel denke ...»

«Ihre Nägel?», fragte Sir Henry.

«Die Fingernägel der Toten», erklärte Mrs. Bantry. «Die waren ziemlich kurz, und jetzt, wo Jane es sagt, kommt mir das auch merkwürdig vor. Solche Mädchen haben normalerweise doch die reinsten Krallen.»

«Wenn einer abgebrochen war», sagte Miss Marple, «könnte sie die anderen natürlich auf gleiche Länge geschnitten haben. Hat man denn in ihrem Zimmer abgeschnittene Nägel gefunden?»

Sir Henry sah sie neugierig an. «Ich werde Superintendent Harper fragen, wenn er zurück ist.»

«Zurück?», wollte Mrs. Bantry wissen. «Ist er nach Gossington gefahren?»

«Nein», erwiderte Sir Henry ernst. «Es ist schon wieder etwas Schreckliches passiert. Ein ausgebranntes Auto, in einem Steinbruch.»

Miss Marple schnappte nach Luft. «War jemand drin?»

«Leider ja.»

Miss Marple überlegte. «Bestimmt die vermisste Pfadfinderin», sagte sie dann. «Patience – nein, Pamela Reeves.»

Sir Henry starrte sie an. «Wie kommen Sie denn *darauf*, Miss Marple?»

Miss Marple errötete. «Ich hab im Radio gehört, dass sie vermisst wird, seit gestern Abend. Sie hat in Daneleigh Vale gewohnt, nicht weit von hier. Zuletzt hat man sie ganz in der Nähe gesehen, bei einem Pfadfinderinnentreffen in den Danebury Downs. Auf dem Nachhauseweg musste sie durch Danemouth. Das passt alles zusammen, nicht wahr? Sieht fast so aus, als hätte sie etwas gesehen – oder vielleicht gehört –, was niemand sehen oder hören sollte. Dann hätte sie dem Mörder gefährlich werden können und musste – beseitigt werden. Da muss es einfach einen Zusammenhang geben, meinen Sie nicht?»

Sir Henry senkte die Stimme. «Sie meinen – ein zweiter Mord?»

«Warum nicht?» Ihr ruhiger, gelassener Blick begegnete seinem. «Wer *einen* Mord begangen hat, der schreckt vor einem zweiten nicht zurück. Auch nicht vor einem dritten.»

«Einem dritten? Glauben Sie denn, es wird auch noch ein dritter Mord geschehen?»

«Das halte ich für möglich ... Ja, das halte ich für durchaus möglich.»

«Miss Marple», sagte Sir Henry, «Sie machen mir Angst. Wissen Sie denn auch, wer das Opfer sein wird?»

«Ich habe da eine ziemlich konkrete Vermutung.»

Zehntes Kapitel

I

Superintendent Harper betrachtete den verkohlten Blechhaufen. Ein ausgebranntes Auto war immer etwas Abstoßendes, auch ohne die grausige Fracht einer schwarz verkohlten Leiche.

Venn's Quarry lag weit abseits jeder menschlichen Behausung. Von Danemouth waren es zwar nicht mehr als zwei Meilen Luftlinie, aber man gelangte nur über ein gewundenes, von tiefen Wagenspuren durchzogenes Sträßchen dorthin, wenig mehr als ein Feldweg, der an dem seit langer Zeit stillgelegten Steinbruch endete. Die Einzigen, die hin und wieder hierher kamen, waren Brombeerpflücker. Es war der ideale Ort, um einen Wagen loszuwerden. Das Auto wäre wochenlang unentdeckt geblieben, wenn nicht zufällig der Landarbeiter Albert Briggs auf seinem Weg zur Arbeit den Feuerschein gesehen hätte.

Albert Briggs war noch an Ort und Stelle, obwohl alles, was er zu sagen hatte, längst festgehalten worden war. Er schmückte die atemberaubende Geschichte mit immer neuen Details aus.

«Ich denk, ich seh nicht recht, was ist denn das? Richtig geleuchtet hat das am Himmel droben. Da macht wohl jemand ein Kartoffelfeuer, sag ich mir, aber wer macht schon drüben in Venn's Quarry ein Kartoffelfeuer? Nein, sag ich, keine Frage, das ist ein richtig großes Feuer. Aber was kann da brennen, frag ich mich. Da in der Gegend gibt's doch überhaupt kein Haus und keinen Hof. Das ist im Steinbruch, sag ich, ja, da ist es, keine Frage. Hab erst mal nicht gewusst, was tun, aber da ist Constable Gregg gekommen, mit dem Fahrrad, und dem hab ich's erzählt.

Gebrannt hat da schon nichts mehr, aber ich hab ihm gezeigt, wo er hinmuss. Da drüben, sag ich, riesiger Feuerschein, sag ich. Ein Heuschober wahrscheinlich, sag ich. Den hat bestimmt ein Landstreicher in Brand gesteckt. Aber dass es ein Auto ist, das hätt ich nie gedacht, und erst recht nicht, dass da jemand drin verbrennt, bei lebendigem Leibe. Furchtbare Tragödie das Ganze, keine Frage.»

Die Polizei von Glenshire war nicht untätig gewesen. Fotoapparate hatten geklickt, und die Lage der verkohlten Leiche war genau registriert worden, bevor der Polizeiarzt mit seinen Untersuchungen begonnen hatte.

Der Arzt, die Lippen grimmig zusammengepresst, trat jetzt zu Harper und klopfte sich die schwarze Asche von den Händen.

«Gründliche Arbeit», sagte er. «Alles verbrannt, bis auf Reste von einem Fuß und einem Schuh. Könnte im Moment selbst nicht sagen, ob es ein Mann oder eine Frau war, aber da werden die Knochen Aufschluss geben. Der Schuh ist so ein schwarzer Spangenschuh, wie ihn Schulmädchen tragen.»

«In der Nachbargrafschaft wird eine Schülerin vermisst», sagte Harper, «gar nicht weit von hier. Eine Sechzehnjährige.»

«Das wird sie sein. Das arme Mädchen.»

«Sie war doch hoffentlich nicht mehr am Leben, als…?», fragte Harper beklommen.

«Nein, nein, ich glaube nicht. Keine Hinweise darauf, dass sie versucht hätte herauszukommen. Die Leiche ist auf den Sitz geworfen worden, nur der Fuß hing heraus. Ich würde sagen, sie war schon vorher tot. Dann ist der Wagen angezündet worden, um die Spuren zu verwischen.»

Er schwieg einen Moment und fragte dann: «Brauchen Sie mich noch?»

«Ich denke nicht, vielen Dank.»

«Gut, dann mach ich mich mal wieder auf den Weg.»

Er ging zu seinem Wagen. Harper trat zu einem seiner Beamten, einem Experten für Autounfälle.

«Ganz klarer Fall, Sir.» Der Polizist sah zu ihm auf. «Der Wagen ist mit Benzin übergossen und in Brand gesteckt worden. In der Hecke dahinten liegen drei leere Kanister.»

Etwas weiter entfernt sortierte ein anderer Polizist sorgfältig kleine, aus dem Wrack geborgene Gegenstände. Ein angesengter schwarzer Lederschuh lag da, daneben kleine Stücke eines ebenfalls angesengten, geschwärzten Materials. Als Harper herankam, blickte sein Untergebener auf und rief: «Sehen Sie sich das an, Sir. Ich glaube, das sagt alles.»

Harper nahm einen der Gegenstände in die Hand.

«Ein Knopf von einer Pfadfinderuniform?», fragte er.

«Ja, Sir.»

«Das sagt allerdings alles.»

Harper, ein warmherziger, liebenswürdiger Mann, verspürte eine leichte Übelkeit. Erst Ruby Keene und jetzt Pamela Reeves, fast noch ein Kind. Wie schon einmal sagte er zu sich selbst: «Was ist denn nur auf einmal los in Glenshire?»

Er musste nun zunächst seinen eigenen Vorgesetzten anrufen und sich dann mit Colonel Melchett in Verbindung setzen, denn Pamela Reeves' Leiche war zwar in Glenshire gefunden worden, aber verschwunden war das Mädchen in Radfordshire.

Was ihm danach bevorstand, war keine angenehme Aufgabe. Er musste Pamela Reeves' Eltern die Nachricht überbringen…

II

Superintendent Harper klingelte an der Haustür und sah dann nachdenklich an der Fassade von Braeside hoch.

Eine schmucke kleine Villa mit einem hübschen, gut einen halben Hektar großen Garten, eines jener Häuser, wie sie in den letzten zwanzig Jahren überall auf dem Land gebaut worden waren. Pensionierte Militärs, Staatsbeamte im Ruhestand und dergleichen, nette, anständige Leute, denen man allenfalls nachsagen konnte, dass sie ein wenig langweilig waren. Steckten in die Erziehung ihrer Kinder, was sie nur immer erübrigen konnten. Nicht der Typ, den man mit Tragödien in Verbindung bringt. Und jetzt war die Tragödie da. Harper seufzte.

Er wurde sogleich in ein Wohnzimmer geführt, in dem ein steif wirkender Mann mit grauem Schnurrbart und eine Frau mit rot verweinten Augen aufsprangen.

«Haben Sie etwas von Pamela gehört?», fragte Mrs. Reeves ängstlich. Unter Superintendent Harpers mitfühlendem Blick prallte sie wie von einem Schlag getroffen zurück.

«Ich habe leider schlechte Nachrichten für Sie.»

«Pamela...» Die Frau brach ab.

«Ist dem Kind – etwas zugestoßen?», fragte Major Reeves in scharfem Ton.

«Ja, Sir.»

«Heißt das, sie ist tot?»

«Nein! Nein!» Mrs. Reeves brach in hemmungsloses Schluchzen aus. Major Reeves legte den Arm um seine Frau und zog sie an sich. Seine Lippen zitterten, aber er sah Harper fragend an. Der Superintendent senkte den Kopf.

«Ein Unfall?»

«Nicht direkt, Major Reeves. Sie wurde in einem ausgebrannten Auto gefunden, in einem Steinbruch.»

«In einem Auto? In einem Steinbruch?»

Entsetzen malte sich auf seinen Zügen. Mrs. Reeves brach vollends zusammen und sank laut schluchzend auf das Sofa.

«Ich kann gern einen Moment warten, wenn Sie möchten», sagte Superintendent Harper.

«Was soll das heißen?», fragte Major Reeves schneidend. «Besteht Verdacht auf einen gewaltsamen Tod?»

«Es sieht so aus, Sir. Deswegen würde ich Ihnen gern einige Fragen stellen, wenn es nicht allzu belastend für Sie ist.»

«Nein, nein, fragen Sie nur. Wenn es stimmt, was Sie sagen, dann darf man keine Zeit verlieren. Aber ich kann es gar nicht glauben. Wer sollte denn einem Kind wie Pamela etwas antun?»

«Die Umstände des Verschwindens Ihrer Tochter haben Sie der hiesigen Polizei ja bereits geschildert», sagte Superintendent

Harper schwerfällig. «Sie ist zu einem Pfadfinderinnentreffen gefahren und sollte zum Abendessen wieder zurück sein. Ist das richtig?»

«Ja.»

«Wollte sie mit dem Bus heimfahren?»

«Ja.»

«Nach Aussagen der anderen Pfadfinderinnen wollte sie nach dem Treffen noch nach Danemouth zu Woolworth und einen späteren Bus nehmen. Wäre das in Ihren Augen ein normales Verhalten gewesen?»

«Ja, durchaus, Pamela ging sehr gern zu Woolworth. Sie hat oft in Danemouth eingekauft. Die Bushaltestelle ist an der Hauptstraße, nur etwa eine Viertelmeile von hier entfernt.»

«Und Sie wissen nicht, ob sie sonst noch etwas vorhatte?»

«Nein.»

«Auch nicht, ob sie sich in Danemouth mit jemandem treffen wollte?»

«Nein, ganz bestimmt nicht, das hätte sie uns gesagt. Wir haben sie zum Abendessen zurückerwartet. Deswegen haben wir auch bei der Polizei angerufen, als es immer später wurde und sie nicht kam. Es war so gar nicht ihre Art, einfach auszubleiben.»

«Und sie hatte auch keinen schlechten Umgang, Freunde, die Sie nicht akzeptieren konnten?»

«Nein, da hat es nie irgendwelche Probleme gegeben.»

«Pam war noch ziemlich kindlich für ihr Alter», sagte Mrs. Reeves tränenüberströmt, «hat noch so gern gespielt. Sie war in keiner Weise frühreif.»

«Kennen Sie einen George Bartlett, der im Hotel Majestic in Danemouth wohnt?»

Major Reeves sah ihn groß an. «Nie gehört.»

«Könnte es sein, dass Ihre Tochter ihn gekannt hat?»

«Ganz sicher nicht. Was hat der Mann damit zu tun?», fragte er scharf.

«Ihm gehört der Minoan 14, in dem die Leiche Ihrer Tochter gefunden wurde.»

«Aber dann muss er doch...!», rief Mrs. Reeves.

«Er hat uns heute Morgen gesagt, dass sein Auto verschwunden ist», fuhr Harper rasch fort. «Gestern um die Mittagszeit stand es noch im Hof des Majestic. Jeder hätte es nehmen können.»

«Aber hat denn niemand gesehen, wer damit weggefahren ist?»

Der Superintendent schüttelte den Kopf.

«Dort fahren den ganzen Tag Dutzende von Wagen ein und aus. Und der Minoan 14 ist der häufigste Typ.»

«Aber so tun Sie doch etwas!», rief Mrs. Reeves. «Finden Sie den, den – diese Bestie, die das getan hat! Mein kleines Mädchen, ach, mein kleines Mädchen! Sie ist doch nicht bei lebendigem Leibe verbrannt? O Pam, Pam!»

«Sie hat nicht gelitten, Mrs. Reeves. Ich kann Ihnen versichern, dass Sie schon tot war, als der Wagen in Brand gesteckt wurde.»

«Wie wurde sie getötet?», fragte Major Reeves steif.

Harper warf ihm einen viel sagenden Blick zu.

«Das wissen wir nicht. Das Feuer hat alle Spuren vernichtet.»

Er wandte sich der verzweifelten Frau auf dem Sofa zu.

«Glauben Sie mir, Mrs. Reeves, wir tun alles, was in unserer Macht steht. Die Ermittlungen laufen noch. Früher oder später werden wir jemanden finden, der Ihre Tochter gestern in Danemouth gesehen hat und der auch gesehen hat, mit wem sie zusammen war. Aber das braucht seine Zeit, verstehen Sie? Wir werden Dutzende, Hunderte von Hinweisen bekommen. Alle möglichen Leute werden eine Pfadfinderin gesehen haben – hier, dort, überall. Das alles muss mit viel Geduld überprüft und gesichtet werden. Aber keine Sorge, am Ende werden wir die Wahrheit finden.»

«Wo – wo ist sie?», fragte Mrs. Reeves. «Kann ich zu ihr?»

Wieder wechselte Superintendent Harper einen Blick mit ihrem Mann.

«Der Amtsarzt kümmert sich um alles. Ich würde vorschlagen,

Ihr Mann kommt jetzt mit mir und erledigt die Formalitäten. Versuchen Sie sich bitte in der Zwischenzeit an alles zu erinnern, was Pamela gesagt hat. Vielleicht gab es etwas, das Sie nicht weiter beachtet haben, das aber Licht in die Sache bringen kann. Sie wissen schon: ein beiläufiges Wort, ein Satz ... Damit würden Sie uns sehr helfen.»

Auf dem Weg zur Tür zeigte Reeves auf eine Fotografie und sagte: «Das ist sie.»

Harper betrachtete das Bild aufmerksam. Es zeigte ein Mädchen mit Zöpfen und ernstem Gesicht inmitten einer Gruppe von Hockeyspielerinnen. Ein nettes Kind, dachte er. Bei dem Gedanken an die verkohlte Leiche wurde sein Mund zu einem schmalen Strich, und er schwor sich, dass der Mord an Pamela Reeves nicht in die Reihen der ungelösten Rätsel Glenshires eingehen würde. Ruby Keene, so seine persönliche Meinung, mochte ihr Schicksal herausgefordert haben, bei Pamela Reeves lagen die Dinge völlig anders. Ein nettes Kind, wie er nur je eines gesehen hatte. Er würde nicht ruhen, bis er ihren Mörder zur Strecke gebracht hatte.

Elftes Kapitel

I

Einige Tage später saßen sich Colonel Melchett und Superintendent Harper an Harpers großem Schreibtisch gegenüber. Der Superintendent war nach Much Benham gekommen, um sich mit Melchett zu beraten.

«Tja», sagte Melchett, «wir wissen, wo wir stehen – oder besser, wo wir nicht stehen!»

«Letzteres trifft es wohl genauer, Sir.»

«Wir haben zwei Tote in Betracht zu ziehen. Zwei Morde. Ruby Keene und das Kind Pamela Reeves. Bis zur Unkenntlichkeit verbrannt, das arme Mädchen, aber der Vater hat den Schuh einwandfrei identifiziert, und dann ist da noch der Knopf von ihrer Pfadfinderuniform. Vertrackte Sache, Superintendent.»

«Da haben Sie Recht, Sir», sagte Superintendent Harper leise.

«Nur gut, dass sie mit an Sicherheit grenzender Wahrscheinlichkeit bereits tot war, als der Wagen in Brand gesteckt wurde. Dafür spricht ihre Position quer über dem Sitz. Vermutlich ein Schlag auf den Kopf. Das arme Kind.»

«Oder sie ist erwürgt worden», sagte Harper.

Melchett sah ihn durchdringend an. «Meinen Sie?»

«Nun ja, Sir, solche Mörder gibt es.»

«Ich weiß. Ich war bei den Eltern – die Mutter ist völlig verzweifelt. Verdammt schmerzhaft, die ganze Sache. Der Punkt, den wir zu klären haben: Besteht zwischen den beiden Morden ein Zusammenhang?»

«Auf jeden Fall, würde ich sagen.»

«Ich auch.»

Der Superintendent zählte die Argumente an den Fingern auf: «Pamela Reeves war bei einem Pfadfinderinnentreffen in den Danebury Downs. War nach Aussagen ihrer Kameradinnen in ganz normaler, guter Stimmung. Hat danach nicht, wie geplant, mit dreien von ihnen den Bus nach Medchester genommen. Wollte in Danemouth noch zu Woolworth und dann von dort aus nach Hause. Die Hauptstraße von den Downs nach Danemouth macht einen weiten Bogen über die Dörfer. Pamela Reeves hat eine Abkürzung genommen, über zwei Wiesen, einen kleinen Pfad und einen Feldweg, auf dem sie nicht weit vom Majestic nach Danemouth kommen musste. Er führt westlich am Hotel vorbei. Möglicherweise hat sie da etwas gehört oder gesehen – irgendetwas im Zusammenhang mit Ruby Keene –, das dem Mörder hätte gefährlich werden können, zum Beispiel dass er sich für elf Uhr mit Ruby Keene verabredet hat. Als er merkt, dass dieses Schulmädchen alles mitbekommen hat, muss er sie zum Schweigen bringen.»

«Das würde voraussetzen», sagte Colonel Melchett, «dass der Mord an Ruby geplant war und nicht im Affekt begangen wurde.»

Superintendent Harper nickte.

«So war es wohl auch, Sir. Es sieht zwar nicht danach aus – eher nach spontaner Gewaltanwendung in einem Ausbruch von Leidenschaft oder Eifersucht –, aber ich komme immer mehr zu der Überzeugung, dass wir's mit vorsätzlichem Mord zu tun haben. Ich wüsste nicht, wie der Tod der kleinen Reeves sonst zu erklären sein sollte. Wäre sie Zeugin des Verbrechens selbst geworden, das etwa um elf begangen wurde, müsste man sich fragen, was sie mitten in der Nacht in der Gegend des Majestic zu suchen hatte. Ihre Eltern haben doch schon um neun angefangen, sich Sorgen zu machen, weil sie nicht kam.»

«Die andere Möglichkeit wäre, dass sie sich in Danemouth mit jemandem getroffen hat, den weder ihre Eltern noch ihre Freunde kennen, und dass ihr Tod nichts mit dem Mord an Ruby Keene zu tun hat.»

«Ja, Sir, aber das glaube ich nicht. Sogar Miss Marple hat ja sofort einen Zusammenhang gewittert. Ihr erster Gedanke war, dass es sich bei der Leiche in dem ausgebrannten Wagen um die vermisste Pfadfinderin handelt. Sehr gescheit, die alte Dame, wie diese alten Damen überhaupt oft. Scharfsinnig, verstehen Sie? Legen den Finger auf den entscheidenden Punkt.»

«Das hat Miss Marple schon öfter getan», bemerkte Colonel Melchett trocken.

«Und außerdem, Sir, wäre da noch das mit dem Wagen. Das verbindet den Tod des Mädchens in meinen Augen zweifelsfrei mit dem Hotel Majestic. Es war George Bartletts Wagen.»

Wieder trafen sich die Blicke der beiden Männer.

«George Bartlett?», fragte Melchett. «Könnte sein. Was meinen Sie?»

Von neuem zählte Harper die Fakten auf: «Ruby Keene ist zuletzt mit George Bartlett gesehen worden. Er sagt, sie wollte auf ihr Zimmer – was durch das dort gefundene Kleid bestätigt wird –, aber die Frage ist: Hat sie sich umgezogen, um mit ihm auszugehen? Waren die beiden verabredet? Hatten sie vor dem Abendessen vereinbart, später noch zusammen wegzugehen, und Pamela Reeves hat es durch Zufall gehört?»

«George Bartlett hat erst am nächsten Morgen gemeldet, dass sein Auto weg ist», sagte Melchett. «Hat sich sehr vage ausgedrückt. Behauptet, nicht mehr genau zu wissen, wann er den Wagen zuletzt gesehen hat.»

«Vielleicht aus Schlauheit, Sir. Meiner Meinung nach ist er entweder ein Schlaukopf, der den Trottel spielt, oder – nun ja – oder er ist wirklich ein Trottel.»

«Was wir brauchen», sagte Melchett, «ist ein Motiv. So wie es aussieht, hatte George Bartlett keinerlei Motiv dafür, Ruby Keene umzubringen.»

«Das Motiv, ja. Und da landen wir immer wieder in der Sackgasse. Die Aussagen aus dem Palais de Danse in Brixwell sind, wie ich höre, durchweg unergiebig?»

«So ist es. Ruby Keene hatte keinen speziellen Freund. Slack hat sehr gründlich recherchiert – denn eins muss man ihm lassen: Gründlich ist er.»

«Stimmt, Sir, das ist das richtige Wort.»

«Wäre da etwas aufzuspüren gewesen, hätte er es aufgespürt, so viel ist sicher. Aber da war nichts. Er hat eine Liste von Rubys häufigsten Tanzpartnern aufgestellt, und das ist alles überprüft und bestätigt worden. Harmlose junge Männer, die außerdem alle ein Alibi für den Abend haben.»

«Apropos Alibis», sagte Superintendent Harper. «Damit müssen wir uns auch noch befassen.»

Colonel Melchett zog die Brauen hoch. «Nanu? Hatte ich diesen Teil der Ermittlungen nicht Ihnen übertragen?»

«Ja, Sir, und wir *haben* ermittelt – sehr eingehend. Wir haben sogar Hilfe aus London angefordert.»

«Und?»

«Conway Jefferson mag ja glauben, Mr. Gaskell und die junge Mrs. Jefferson stünden finanziell bestens da, aber dem ist nicht so. Beide sind äußerst knapp bei Kasse.»

«Tatsächlich?»

«Ja. Es stimmt, was Mr. Jefferson sagt: Er hat seinem Sohn und seiner Tochter bei ihrer Heirat jeweils eine beträchtliche Summe ausgesetzt. Das liegt aber inzwischen zehn Jahre zurück. Jefferson junior glaubte in Gelddingen eine glückliche Hand zu haben, und allzu riskante Investitionen hat er auch nicht getätigt, aber er hat mehr als einmal Pech gehabt oder sich verkalkuliert. Sein Vermögen ist immer mehr geschrumpft, so dass seine Witwe jetzt große Schwierigkeiten hat, zurechtzukommen und ihren Sohn auf eine gute Schule zu schicken.»

«Aber an ihren Schwiegervater hat sie sich nicht um Hilfe gewandt?»

«Nein, Sir. Soweit ich weiß, lebt sie bei ihm und spart dadurch die Kosten für einen eigenen Haushalt.»

«Und sein Gesundheitszustand ist so, dass er vermutlich nicht allzu alt werden wird?»

«Ganz recht, Sir. Und nun zu Mark Gaskell. Er ist schlicht

und einfach ein Spieler. Hatte das Geld seiner Frau schon nach kurzer Zeit durchgebracht. Sitzt im Moment böse in der Klemme. Braucht dringend Geld, und zwar nicht wenig.»

«Kann nicht behaupten, dass er mir sonderlich sympathisch wäre», sagte Colonel Melchett. «Macht einen etwas zügellosen Eindruck, finden Sie nicht? Und er hat ein Motiv. Fünfundzwanzigtausend Pfund hätte es ihm eingebracht, das Mädchen aus dem Weg zu schaffen. Wenn das kein Motiv ist!»

«Sie hatten beide ein Motiv.»

«An Mrs. Jefferson denke ich dabei nicht.»

«Nein, Sir, ich weiß. Und das Alibi gilt für beide. Sie *können* es gar nicht gewesen sein.»

«Haben Sie detaillierte Aussagen darüber, was sie an dem Abend gemacht haben?»

«Ja. Zunächst Mr. Gaskell: Er hat mit seinem Schwiegervater und Mrs. Jefferson zu Abend gegessen, danach wurde noch Kaffee getrunken, und Ruby Keene hat sich zu ihnen gesetzt. Dann ist er unter dem Vorwand, noch ein paar Briefe schreiben zu müssen, gegangen. In Wirklichkeit hat er seinen Wagen geholt und eine kleine Fahrt zur Strandpromenade unternommen. Gibt offen zu, dass er es nicht erträgt, einen ganzen Abend lang Bridge zu spielen. Der alte Knabe ist ganz verrückt danach. Die Briefe waren also ein Vorwand. Ruby Keene ist bei den anderen geblieben. Während ihres Auftritts mit Raymond kam Gaskell zurück. Danach hat sie noch ein Glas mit den Jeffersons getrunken und ist dann mit dem jungen Bartlett in den Ballsaal hinüber. Mark Gaskell und die anderen haben ihre Bridgepartie angefangen. Das war um zwanzig vor elf. Gaskell hat bis nach Mitternacht am Tisch gesessen, soviel steht fest, Sir. Jeder kann es bezeugen, die Familie, die Kellner, alle. Er kann es also nicht gewesen sein. Und Mrs. Jefferson hat dasselbe Alibi. Sie hat genauso lange am Tisch gesessen. Sie scheiden beide aus – definitiv.»

Colonel Melchett lehnte sich zurück und trommelte mit einem Brieföffner auf den Tisch.

«Vorausgesetzt, das Mädchen ist *vor* Mitternacht umgebracht worden», setzte Superintendent Harper hinzu.

«Nach Haydocks Meinung war das der Fall. Haydock ist äußerst zuverlässig in seiner Arbeit für die Polizei. Was er sagt, stimmt.»

«Es könnte immerhin Gründe geben – gesundheitliche Gründe, körperliche Besonderheiten oder dergleichen ...»

«Ich rede noch einmal mit ihm.»

Melchett sah auf die Uhr, griff zum Telefonhörer und verlangte eine Nummer. «Um diese Zeit müsste er zu Hause sein. Und was ist, wenn Ruby *nach* Mitternacht getötet wurde?»

«Das brächte uns vermutlich weiter. Zu der Zeit sind noch Gäste aus und ein gegangen. Angenommen, Gaskell war mit dem Mädchen irgendwo draußen verabredet, sagen wir, um zwanzig nach zwölf. Er schlüpft für ein paar Minuten hinaus, erwürgt sie, kommt wieder herein und schafft die Leiche später fort, zum Beispiel in den frühen Morgenstunden.»

«Er fährt über dreißig Meilen, um sie in Bantrys Bibliothek zu schaffen? Klingt verdammt unwahrscheinlich.»

Der Superintendent musste Melchett Recht geben.

Das Telefon klingelte. Der Colonel hob den Hörer ab.

«Hallo, sind Sie's, Haydock? Es geht um Ruby Keene. Könnte es sein, dass sie erst nach Mitternacht getötet wurde?»

«Nein, zwischen zehn und zwölf, das hab ich Ihnen doch gesagt.»

«Ich weiß, aber könnte man den Zeitraum nicht doch ein bisschen strecken?»

«Da gibt es nichts zu strecken. Wenn ich sage, sie wurde vor Mitternacht getötet, dann meine ich auch vor Mitternacht. Versuchen Sie nicht, die medizinischen Beweise zurechtzubiegen.»

«Aber könnte es denn nicht irgendwelche physiologischen Faktoren geben – Sie wissen schon?»

«Ich weiß nur, dass Sie nicht wissen, wovon Sie reden. Das Mädchen war kerngesund und in keiner Weise anormal. Etwas anderes werden Sie von mir nicht hören, nur damit ihr Polizeileute irgendeinem armen Teufel, auf den ihr's abgesehen habt, den Strick um den Hals legen könnt. Nein, protestieren Sie nicht, ich kenne doch Ihre Methoden. Im Übrigen hat sich das Mädchen ja nicht aus freien Stücken erwürgen lassen. Sie ist vorher betäubt worden. Starkes Narkotikum. Der Tod ist zwar durch Strangulieren eingetreten, aber zuvor ist sie betäubt worden.» Haydock legte auf.

«Da haben wir's», sagte Melchett düster.

«Dachte, ich hätte noch einen Kandidaten in der Hinterhand, aber das war wohl ein Blindgänger.»

«Wie bitte? Wen?»

«Genau genommen fällt er in Ihr Ressort, Sir. Basil Blake. Wohnt in der Nähe von Gossington Hall.»

«Dieser unverschämte, eingebildete Fatzke!» Des Colonels Stirn umwölkte sich bei dem Gedanken an Basil Blakes haarsträubende Grobheit. «Was hat *er* mit der Sache zu tun?»

«Scheint Ruby Keene gekannt zu haben. War oft zum Dinner im Majestic – hat mit dem Mädchen getanzt. Erinnern Sie sich, was Josie zu Raymond gesagt hat, als Ruby nicht erschienen ist? ‹Meinst du, sie ist mit diesem Filmmenschen unterwegs?› Und damit hat sie Basil Blake gemeint, wie ich herausgefunden habe. Er arbeitet in den Lemville-Studios. Josie kann weiter nichts dazu sagen, sie glaubt nur, dass Ruby ziemlich von ihm angetan war.»

«Sehr viel versprechend, Harper, sehr viel versprechend.»

«Klingt aber besser, als es ist, Sir. Basil Blake war an dem Abend auf einem Fest in den Studios. Sie wissen ja. Das fängt um acht mit Cocktails an und geht dann endlos weiter, bis man vor lauter Rauch die Hand nicht mehr vor Augen sieht und einer nach dem anderen umkippt. Inspektor Slack hat Blake verhört: Er ist um Mitternacht gegangen. Um Mitternacht war Ruby aber bereits tot.»

«Kann das jemand bezeugen?»

«Die meisten werden wohl ziemlich, äh, hinüber gewesen sein. Aber die, äh, die junge Frau, die zurzeit bei ihm wohnt, Miss Dinah Lee, bestätigt seine Aussage.»

«Das muss nichts heißen!»

«Nein, Sir, wahrscheinlich nicht. Die Aussagen anderer Gäste stützen Mr. Blakes Aussage alles in allem zwar ebenfalls, aber die Zeitangaben bleiben doch recht vage.»

«Wo sind denn diese Studios?»

«In Lemville, Sir, dreißig Meilen südwestlich von London.»

«Hm – und etwa gleich weit entfernt von hier?»

«Ja, Sir.»

Colonel Melchett rieb sich die Nase und sagte unzufrieden: «Tja, sieht aus, als könnten wir ihn von der Liste streichen.»

«Vermutlich, ja. Es gibt keinen Beweis dafür, dass er sich ernsthaft für Ruby Keene interessiert hätte. Er scheint ja» – Superintendent Harper hüstelte verschämt – «vollauf beschäftigt mit dieser Dinah Lee.»

«Also bleibt uns nur ein gewisser X, ein unbekannter Mörder, so unbekannt, dass nicht einmal Slack eine Spur von ihm findet! Oder Jeffersons Schwiegersohn, der das Mädchen möglicherweise umbringen wollte, aber keine Gelegenheit dazu hatte. Die Schwiegertochter dito. Oder George Bartlett, der kein Alibi hat, aber leider auch kein Motiv. Oder der junge Blake, der kein Motiv und obendrein ein Alibi hat. Das ist alles! Halt, nein, wir müssen wohl auch diesen Tänzer mit einbeziehen, diesen Raymond Starr. War ja viel mit dem Mädchen zusammen.»

«Kann mir nicht vorstellen, dass er sich groß für sie interessiert hat», sagte Harper nachdenklich. «Müsste schon ein verdammt guter Schauspieler sein. Und ein Alibi hat er praktisch auch. Von zwanzig vor elf bis zwölf hat man ihn fast ununterbrochen tanzen sehen, mit verschiedenen Partnerinnen. Ich wüsste nicht, was wir gegen ihn vorbringen könnten.»

«Genau genommen können wir gegen niemanden etwas vorbringen.»

«Unsere größte Hoffnung ist George Bartlett. Wenn wir nur ein Motiv fänden!»

«Haben Sie da nachgeforscht?»

«Ja, Sir. Einzelkind. Von der Mutter verhätschelt. Hat bei ihrem Tod vor einem Jahr eine Menge Geld geerbt, das er rasant durchbringt. Eher schwach als brutal.»

«Vielleicht geistesgestört?»

Superintendent Harper nickte. «Haben Sie schon einmal daran gedacht, Sir – dass das die Erklärung für den ganzen Fall sein könnte?»

«Ein geistesgestörter Krimineller, meinen Sie?»

«Ja, Sir. Einer von diesen Kerlen, die herumlaufen und junge Mädchen erwürgen. Die Medizin hat da ein ziemlich langes Wort dafür.»

«Das würde alle unsere Probleme lösen», sagte Melchett.

«Aber etwas daran gefällt mir nicht.»

«Und das wäre?»

«Es ist zu einfach.»

«Hm, ja, mag sein. Ich frage also noch einmal: Wo stehen wir?»

«Nirgends, Sir», erwiderte Superintendent Harper.

Zwölftes Kapitel

I

Conway Jefferson regte sich im Schlaf. Dann dehnte er sich und streckte die Arme, lange, starke Arme, in denen sich seit dem Unfall seine ganze Körperkraft zu konzentrieren schien.

Durch die Vorhänge schimmerte sanft das Morgenlicht. Jefferson lächelte. So wachte er nach einer ruhigen Nacht stets auf, glücklich, erfrischt, voll neuer Lebenskraft. Ein neuer Tag!

Er blieb noch eine Weile so liegen, dann drückte er auf die Klingel am Bett. Und plötzlich schlug eine Woge der Erinnerung über ihm zusammen.

Noch als Edwards auf leisen Sohlen flink eintrat, entrang sich seinem Herrn ein Stöhnen. Edwards hielt inne, die Hand am Vorhang. «Haben Sie Schmerzen, Sir?», fragte er.

«Nein, nein, nun mach schon auf», gab Jefferson barsch zurück.

Helles Licht strömte in den Raum. Edwards begriff und vermied es, seinen Herrn anzusehen.

Conway Jefferson lag mit grimmiger Miene da, erinnerte sich, dachte nach. Er sah Rubys hübsches, nichts sagendes Gesicht vor sich, ohne aber im Geiste das Wort «nichts sagend» zu gebrauchen. «Unschuldig» hätte er sie gestern Abend noch genannt. Ein naives, unschuldiges Kind! Und jetzt?

Tiefe Mattigkeit überkam ihn. Er schloss die Augen. «Margaret», murmelte er.

Es war der Name seiner toten Frau...

II

«Deine Freundin gefällt mir», sagte Adelaide Jefferson zu Mrs. Bantry. Die beiden Frauen saßen auf der Terrasse.

«Jane Marple ist eine ganz bemerkenswerte Frau», erwiderte Mrs. Bantry.

«Und sehr nett.» Addie lächelte.

«Die Leute sagen, sie sei eine Klatschbase, aber das ist sie nicht.»

«Sie hat nur keine allzu hohe Meinung von der menschlichen Natur, scheint mir.»

«So könnte man es nennen.»

«Wie erfrischend das ist, wenn man zu viel vom Gegenteil genossen hat!»

Mrs. Bantry sah sie fragend an.

«Nach so viel Verklärung», erläuterte Addie, «so viel Idealisierung eines unwürdigen Objekts!»

«Du sprichst von Ruby Keene.»

Addie nickte. «Ich will ihr ja nichts nachsagen. Sie hat niemandem etwas getan. Die arme kleine Ratte – musste sich das, was sie wollte, schwer erkämpfen. Sie war kein schlechter Mensch. Gewöhnlich zwar und ziemlich dumm, aber gutmütig, wenn auch eindeutig aufs Geld aus. Ich glaube allerdings nicht, dass sie nach Plan vorgegangen ist. Sie hat nur ihre Chance sehr fix genutzt. Und sie wusste genau, was einem älteren Mann gefällt, der – einsam ist.»

«Und Conway *war* einsam, nehme ich an», sagte Mrs. Bantry nachdenklich.

Addie setzte sich nervös zurecht. «Ja – diesen Sommer jedenfalls.» Sie hielt inne und fuhr dann heftig fort: «Mark sagt, es sei alles meine Schuld. Vielleicht hat er ja Recht – ich weiß es nicht.»

Wieder verstummte sie, gab dann aber dem Bedürfnis, sich auszusprechen, nach und erzählte stockend und fast widerwillig weiter.

«Mein – mein Leben ist schon merkwürdig verlaufen. Mike Carmody, mein erster Mann, ist kurz nach unserer Heirat gestorben. Es war ein furchtbarer Schock. Du weißt ja, dass Peter erst nach seinem Tod geboren ist. Frank Jefferson war Mikes bester Freund, und deshalb waren wir viel zusammen. Er war auch Peters Pate, das hatte Mike so gewollt. Er ist mir immer mehr ans Herz gewachsen, und – ach! – er hat mir auch Leid getan.»

«Leid getan?», forschte Mrs. Bantry interessiert.

«Ja, Leid getan. Das klingt komisch, ich weiß. Frank hat immer alles bekommen, was er wollte, seine Eltern hätten nicht liebevoller sein können. Und doch – wie soll ich sagen? Der alte Mr. Jefferson ist eine so starke Persönlichkeit, verstehst du? Neben ihm kann man einfach keine eigene Persönlichkeit entwickeln, und das hat Frank gespürt.

Als wir geheiratet haben, war er so glücklich – überglücklich. Und Mr. Jefferson hat sich sehr großzügig gezeigt. Er hat Frank eine große Summe ausgesetzt, weil er wollte, dass seine Kinder unabhängig sind und nicht zu warten brauchen, bis er stirbt. Das war sehr lieb von ihm, sehr nobel. Aber es kam zu plötzlich. Er hätte Frank Schritt für Schritt an die Unabhängigkeit gewöhnen müssen.

Das Geld stieg Frank zu Kopfe. Er wollte genauso gut sein wie sein Vater, genauso geschickt im Finanziellen und Geschäftlichen, genauso weitblickend und erfolgreich. Aber er war es nicht. Er hat zwar nicht direkt spekuliert, aber er hat das Geld zum falschen Zeitpunkt in die falschen Objekte investiert. Es ist erschreckend, wie schnell Geld zusammenschmilzt, wenn man nicht damit umgehen kann. Je mehr Frank verloren hat, desto angestrengter hat er versucht, es durch einen klugen Schachzug zurückzugewinnen. Aber es wurde immer weniger.»

«Sag mal, meine Liebe», fragte Mrs. Bantry, «hätte Conway ihn nicht beraten können?»

«Er wollte keinen Rat. Er wollte es allein schaffen. Deswegen haben wir Mr. Jefferson auch nichts davon gesagt. Bei Franks Tod war kaum noch etwas übrig, nur noch ein ganz geringes

Einkommen für mich. Und das – das wollte ich seinem Vater auch nicht sagen. Verstehst du ...»

Sie wandte sich unvermittelt ab.

«Es wäre mir vorgekommen, als würde ich Frank verraten. Er hätte das auf keinen Fall gewollt. Mr. Jefferson war sehr lange krank. Als es ihm wieder besser ging, musste er mich für eine gut situierte Witwe halten. Und ich habe ihn in dem Glauben gelassen. Das war Ehrensache für mich. Er weiß, dass ich sehr vorsichtig mit Geld umgehe, aber meine Sparsamkeit gefällt ihm. Und Peter und ich haben ja praktisch von Anfang an bei ihm gewohnt. Er kommt für unseren gesamten Lebensunterhalt auf. Ich brauchte mir also nie wirklich Sorgen zu machen.

Wir waren in all den Jahren wie eine Familie», fuhr sie nachdenklich fort, «nur – nur war ich für Mr. Jefferson nie Franks Witwe, verstehst du – aber vielleicht kannst du das nicht verstehen –, sondern immer nur Franks Frau.»

Mrs. Bantry begriff, was sie damit sagen wollte. «Du meinst, er hat den Tod seiner Kinder und seiner Frau nie wirklich akzeptiert?»

«Ja. Er hat sich großartig gehalten, aber er wird mit dieser furchtbaren Tragödie nur dadurch fertig, dass er den Tod ignoriert. Mark ist Rosamunds Mann, und ich bin Franks Frau, und obwohl Frank und Rosamund nicht mehr leben, sind sie doch ständig bei uns.»

«Was für ein Triumph des Glaubens!», sagte Mrs. Bantry leise.

«Ja. So ging es Jahr um Jahr. Aber plötzlich – diesen Sommer – hat sich etwas in mir verändert. Ich wurde – ich wurde rebellisch. Ich schäme mich, es zu sagen, aber ich wollte nicht mehr an Frank denken! Das alles war vorbei – meine Liebe zu ihm, unsere Verbundenheit, mein Kummer nach seinem Tod. Es war Vergangenheit, es existierte nicht mehr.

Es ist so schwer zu beschreiben. Es ist, als wollte man reinen Tisch machen und noch einmal von vorn anfangen. Ich wollte wieder ich selbst sein, Addie, immer noch jung und kräftig, noch fähig, mich zu amüsieren, zu schwimmen und zu tanzen –

ein *Mensch* eben. Und Hugo – kennst du Hugo McLean? Er ist ein Schatz und will mich heiraten, aber das kommt für mich natürlich nicht in Frage. Und trotzdem: Diesen Sommer hab ich doch ab und zu daran gedacht – nicht ernsthaft, nur ganz vage…»

Sie hielt inne und schüttelte den Kopf.

«Wahrscheinlich hat Mark Recht: Ich *habe* Jeff vernachlässigt. Nicht konkret, meine ich, aber in Gedanken war ich nicht bei ihm. Als ich sah, wie viel Spaß er mit Ruby hatte, war ich ganz froh darüber. Dadurch konnte ich leichter meine eigenen Wege gehen. Ich hätte nie gedacht – nicht im Traum hätte ich daran gedacht! –, dass sie ihm so – so wichtig werden würde.»

«Und als du es gemerkt hast?»

«Da war ich sprachlos – vollkommen sprachlos! Und auch wütend, das muss ich zugeben.»

«Das wär ich auch gewesen.»

«Ich musste ja an Peter denken, verstehst du? Peters Zukunft hängt ganz allein von Jeff ab. Jeff hat ihn praktisch als seinen Enkel betrachtet, das dachte ich zumindest, aber natürlich ist er nicht sein Enkel. Er ist ja nicht einmal mit ihm verwandt. Und der Gedanke, dass Jeff ihn – enterben könnte!» Die kräftigen, wohlgeformten Hände in ihrem Schoß zitterten leicht. «Denn das war zu befürchten – und alles wegen einer vulgären kleinen Gans, die nur aufs Geld aus war! Umbringen hätte ich sie können!»

Sie brach betroffen ab. Mrs. Bantry fing den entsetzten, flehentlichen Blick ihrer schönen haselnussbraunen Augen auf.

«O Gott, das ist ja furchtbar, was ich da sage!»

Hugo McLean hatte sich unbemerkt genähert und fragte: «Was ist furchtbar?»

«Nimm Platz, Hugo. Du kennst doch Mrs. Bantry?»

McLean hatte die ältere Dame schon begrüßt. Leise und drängend wiederholte er seine Frage: «Was ist furchtbar?»

«Dass ich Ruby Keene am liebsten umgebracht hätte.»

Hugo McLean überlegte eine Weile. Dann sagte er: «An deiner Stelle würde ich so etwas nicht sagen. Könnte leicht missverstanden werden.»

Seine Augen – ruhige, nachdenkliche graue Augen – blickten sie viel sagend an. «Du musst dich vorsehen, Addie», sagte er warnend.

III

Als Miss Marple einige Minuten später aus dem Hotel kam und sich zu Mrs. Bantry gesellte, gingen Hugo McLean und Adelaide Jefferson gerade den Weg zum Strand hinunter.

Miss Marple nahm Platz und sagte: «Er scheint ihr treu ergeben zu sein.»

«Und das seit Jahren! Tja, solche Männer gibt es.»

«Major Bury zum Beispiel. Zehn Jahre hat er sich um eine angloindische Witwe bemüht – zum Gaudium ihrer Freunde! Am Ende hat sie ihn erhört, aber zehn Tage vor der Hochzeit ist sie mit dem Chauffeur durchgebrannt! Eine reizende Frau, und sonst so ausgeglichen.»

«Die Menschen tun eben die merkwürdigsten Dinge», sagte Mrs. Bantry. «Schade, dass du vorhin nicht hier warst, Jane. Addie Jefferson hat mir alles von sich erzählt – wie ihr Mann sein ganzes Geld durchgebracht hat und sie Mr. Jefferson nichts davon gesagt haben. Und dass sie seit dem Sommer alles mit anderen Augen sieht...»

Miss Marple nickte. «Ja. Ich nehme an, sie lehnt sich dagegen auf, in der Vergangenheit leben zu müssen. Alles hat schließlich seine Zeit. Man kann nicht ewig bei herabgelassenen Jalousien zu Hause sitzen. Wahrscheinlich hat Mrs. Jefferson sie nur hochgezogen und ihre Witwenkleidung abgelegt, und das hat ihrem Schwiegervater natürlich nicht gefallen. Hat sich ausgeschlossen gefühlt, wenn er wohl auch nicht im Entferntesten geahnt hat, wer sie dazu gebracht hat. Aber in seinem Sinne ist das sicher nicht. Und deshalb war er einfach reif für das, was dann geschehen ist – wie der alte Mr. Badger, als seine Frau sich dem Spiritismus zugewandt hat. Es hätte jedes halbwegs hübsche junge Mädchen sein können, das ihm interessiert zuhört.»

«Meinst du», fragte Mrs. Bantry, «Rubys Kusine, diese Josie, hat sie absichtlich hierher geholt? Meinst du, es war ein abgekartetes Spiel?»

Miss Marple schüttelte den Kopf. «Nein, ganz sicher nicht. Ich glaube nicht, dass Josie fähig gewesen wäre, die Reaktionen der Beteiligten vorauszusehen. Dazu reicht es bei ihr nicht. Sie ist zwar ein gescheites Mädchen, aber sie hat nur diesen begrenzten praktischen Verstand, der nichts vorhersieht und in der Regel von den Ereignissen überrascht wird.»

«Sieht aus, als wären alle überrascht worden», sagte Mrs. Bantry. «Addie – und Mark Gaskell offenbar auch.»

Miss Marple lächelte. «Na, der hat es sich bestimmt nicht schlecht gehen lassen. Ein dreister Bursche, der gern ein Auge riskiert! Nicht der Typ, der über Jahre als trauernder Witwer herumläuft, egal, wie sehr er seine Frau geliebt hat. Wahrscheinlich sind sie unter dem Joch von Mr. Jeffersons Erinnerungen beide allmählich unruhig geworden.

Aber als Mann», fügte Miss Marple sarkastisch hinzu, «hat man es da natürlich leichter.»

IV

Mark selbst bestätigte dieses Urteil zum selben Zeitpunkt in einem Gespräch mit Sir Henry Clithering. In seiner üblichen Direktheit war er gleich mit der Tür ins Haus gefallen.

«Mir ist gerade klar geworden», sagte er, «dass mich die Polizei als Hauptverdächtigen im Visier hat. Sie haben in meinen Finanzen rumgeschnüffelt. Ich bin pleite, verstehen Sie, oder zumindest nahe dran. Sollte der alte Jeff planmäßig in ein oder zwei Monaten sterben, und Addie und ich teilen uns den Zaster – ebenfalls planmäßig –, dann bin ich aus dem Schneider. Ich habe einen Haufen Schulden ... Wenn der Bankrott kommt, dann mit Pauken und Trompeten! Wenn ich ihn aber abwenden kann, dann ist es umgekehrt: Ich komme ganz groß raus und bin ein reicher Mann.»

«Sie sind ein Spieler, Mark», sagte Sir Henry Clithering.

«Immer gewesen. Alles riskieren, ist meine Devise! Ja, ich geb's zu: Für mich ist es ein Glücksfall, dass jemand das arme Ding erwürgt hat. Aber ich war's nicht. Ich bin kein Würger. Kann mir nicht vorstellen, dass ich überhaupt jemanden umbringen könnte. Wäre viel zu bequem dazu. Aber sagen Sie das mal der Polizei! Für die bin ich doch ein gefundenes Fressen! Ich hatte ein Motiv, ich war da, ich stöhne nicht gerade unter der Last moralischer Bedenken. Ich versteh nicht, wieso ich nicht längst im Kittchen sitze! Diesem Superintendent ist alles zuzutrauen.»

«Sie haben etwas sehr Nützliches: ein Alibi.»

«Ein Alibi ist das Verdächtigste auf Gottes weiter Welt. Kein Unschuldiger hat je ein Alibi! Außerdem kommt es doch ganz auf den Todeszeitpunkt an oder so, und wenn drei Ärzte sagen, das Mädchen ist um zwölf getötet worden, dann können Sie Gift drauf nehmen, dass sich mindestens sechs andere finden werden, die beschwören, der Tod sei um fünf Uhr früh eingetreten. Und wo bleibt dann mein Alibi?»

«Na, immerhin können Sie noch Witze darüber machen.»

«Verdammt geschmacklos, was?», sagte Mark vergnügt. «Aber im Ernst: Ich hab die Hosen voll. Klar – bei einem Mord! Und glauben Sie nicht, der alte Jeff täte mir nicht Leid. Er *tut* mir Leid. Aber besser so – so schlimm der Schock auch war –, als wenn er ihr draufgekommen wäre.»

«Draufgekommen? Was meinen Sie damit?»

Mark zwinkerte. «Wo war sie denn wohl gestern Abend? Jede Wette, sie hat sich mit einem Mann getroffen. Das hätte Jeff nicht gefallen. Das hätte ihm ganz und gar nicht gefallen. Wenn er herausbekommen hätte, dass sie ihm etwas vormacht, dass sie gar nicht die plappernde kleine Unschuld ist ... Nun ja, mein Schwiegervater ist ein seltsamer Mensch, ein Mensch von großer

Selbstbeherrschung, die aber auch zusammenbrechen kann. Und dann heißt's aufpassen!»

Sir Henry sah ihn neugierig an. «Mögen Sie ihn denn nun, oder mögen Sie ihn nicht?»

«Ich mag ihn sehr – aber ich ärgere mich auch über ihn. Ich will versuchen, Ihnen das zu erklären. Conway Jefferson ist ein Mensch, der seine Umgebung unter Kontrolle haben will. Er ist ein gütiger Despot, freundlich, großzügig, liebevoll, aber er gibt den Ton an, und die anderen müssen nach seiner Pfeife tanzen.»

Mark Gaskell machte eine Pause.

«Ich habe meine Frau geliebt. Nie wieder werde ich so für eine Frau empfinden. Rosamund war Sonnenschein, Lachen, Blumen, und nach ihrem Tod kam ich mir vor wie ein k.o. geschlagener Boxer. Aber der Ringrichter zählt jetzt schon eine ganze Weile. Schließlich bin ich ein Mann. Ich mag Frauen. Heiraten will ich allerdings nicht noch mal, beim besten Willen nicht. Na schön. Ich musste zwar diskret vorgehen, aber ich hab mich ganz gut amüsiert. Die arme Addie nicht. Addie ist eine wirklich nette Frau. Der Typ, den ein Mann für die Ehe will, nicht fürs Bett. Geben Sie ihr die geringste Chance, und sie wird wieder heiraten – und glücklich sein und den Mann ebenfalls glücklich machen. Aber der alte Jeff hat in ihr immer nur Franks Frau gesehen – so lange, bis sie sich selbst so gesehen hat. Er weiß es nicht, aber wir haben uns wie im Gefängnis gefühlt. Ich bin ausgebrochen, still und heimlich, vor langer Zeit schon. Und Addie ist diesen Sommer ausgebrochen. Das war ein Schock für ihn. Seine Welt brach zusammen. Das Resultat: Ruby Keene.»

Er konnte nicht widerstehen und sang:

»*Dass sie begraben ward so früh –*
Doch ich, wie trag ich's nur!

Kommen Sie, trinken wir was, Clithering.»

Kein Wunder, dachte Sir Henry, dass die Polizei Mark Gaskell verdächtigt.

Dreizehntes Kapitel

I

Dr. Metcalf war einer der bekanntesten Ärzte in Danemouth, ein Mann in mittleren Jahren mit einer ruhigen, angenehmen Art zu sprechen. Er war zurückhaltend im Umgang mit seinen Patienten, doch wenn er in ein Krankenzimmer trat, hellten sich die Mienen unfehlbar auf.

Dr. Metcalf hörte Superintendent Harper aufmerksam zu und gab auf seine Fragen freundlich und präzise Auskunft.

«Ich kann also davon ausgehen, Dr. Metcalf, dass Mrs. Jeffersons Angaben im Wesentlichen den Tatsachen entsprechen?»

«Ja, Mr. Jeffersons Gesundheitszustand ist prekär. Schon seit Jahren treibt der Mann einen schonungslosen Raubbau an seinen Kräften. Er ist fest entschlossen, ein ganz normales Leben zu führen, und mutet sich deshalb weit mehr zu als ein gesunder Mann seines Alters. Er weigert sich, das Leben leichter zu nehmen, sich auszuruhen, kürzer zu treten und wie die Phrasen alle lauten, die ich und seine anderen medizinischen Berater vorbringen. Und das Ergebnis: Der Mann ist wie ein überdrehter Motor. Herz, Lunge Blutdruck – alles ist überlastet.»

«Und er will partout nicht auf Sie hören, sagen Sie?»

«Ja, aber ich kann's ihm nicht verdenken. Ich sage es meinen Patienten nicht, Superintendent, aber ein Mensch kann ebenso gut bis zum Schluss aktiv sein, wie er langsam verkümmern kann. Viele meiner Kollegen halten es mit der ersten Variante, und glauben Sie mir, es ist nicht unbedingt die schlechtere. An einem Ort wie Danemouth sieht man natürlich eher das Gegenteil: Kranke, die sich ans Leben klammern und schreckliche Angst haben, sich zu überanstrengen, die sich vor Zugluft, vor Bazillen, vor unbekömmlicher Nahrung fürchten!»

«Das glaub ich gern», sagte Superintendent Harper. «Es läuft also auf Folgendes hinaus: Conway Jefferson ist stark – körperlich gesehen, oder genauer gesagt, von der Muskulatur her. Was schafft er denn so alles?»

«Er hat enorme Kräfte in Armen und Schultern. Vor seinem Unfall hat er nur so vor Kraft gestrotzt. Er handhabt seinen Rollstuhl äußerst geschickt und kann sich an Krücken durchs Zimmer bewegen, vom Bett zum Sessel beispielsweise.»

«Kämen für einen Mann mit seinen Verletzungen nicht Beinprothesen in Frage?»

«Nein, in seinem Fall nicht. Die Wirbelsäule ist geschädigt.»

«Verstehe. Fassen wir also noch einmal zusammen: Was die Muskulatur anbelangt, ist Jefferson in bester Form. Und sonst fühlt er sich auch wohl?»

Metcalf nickte.

«Aber sein Herz ist in schlechtem Zustand», fuhr Harper fort. «Jede Überanstrengung, jeder Schock oder jede plötzliche Aufregung kann das Ende bedeuten. Ist das richtig?»

«Mehr oder weniger. Es ist die Dauerbelastung, die ihn nach und nach umbringt, denn Müdigkeit ignoriert er. Das macht es für das Herz noch kritischer. Dass eine plötzliche Anstrengung ihn tötet, ist eher unwahrscheinlich, aber ein Schock könnte leicht dazu führen. Davor habe ich seine Familie auch ausdrücklich gewarnt.»

«Aber im vorliegenden Fall hat die Aufregung ihm nichts anhaben können», sagte Superintendent Harper langsam. «Ich meine, einen schlimmeren Schock hätte es doch kaum geben können, und trotzdem hat er überlebt.»

Dr. Metcalf zuckte die Schultern. «Tja, aber wenn Sie meine Erfahrung hätten, Superintendent, dann wüssten Sie, dass man aus der Krankengeschichte eines Patienten unmöglich eine genaue Prognose ableiten kann. Leute, die eigentlich an einem

Schock oder an Unterkühlung sterben müssten, sterben eben nicht an einem Schock oder an Unterkühlung et cetera, et cetera. Der menschliche Körper ist zäher, als man glaubt. Zudem führt meiner Erfahrung nach ein physischer Schock häufiger zum Tod als ein psychischer. Vereinfacht ausgedrückt: Eine zugeknallte Tür könnte Mr. Jefferson eher töten als die Nachricht, dass ein Mädchen, das er sehr gern hatte, auf grausame Weise umgekommen ist.»

«Und wie erklärt sich das?»

«Eine schlechte Nachricht löst fast immer eine Abwehrreaktion aus. Sie betäubt den Empfänger, so dass er – zunächst jedenfalls – unfähig ist, sie aufzunehmen. Es dauert eine Weile, bis sie ganz zu ihm durchdringt. Eine zugeknallte Tür aber, jemand, der plötzlich aus einem Schrank hervorspringt, ein aufheulender Motor beim Überqueren einer Straße – so etwas übt eine unmittelbare Wirkung aus. Das Herz macht vor Schreck einen Satz, um es laienhaft auszudrücken.»

«Aber nach allem, was man weiß, hätte Mr. Jefferson durch den Schock wegen des Mordes an Ruby Keene ohne weiteres zu Tode kommen können?»

«O ja, durchaus.» Der Arzt sah Harper neugierig an. «Sie glauben doch nicht...»

«Ich weiß nicht, was ich glauben soll», erwiderte Superintendent Harper ärgerlich.

II

«Aber Sie werden zugeben, dass die beiden Dinge bestens zusammenpassen», sagte er wenig später zu Sir Henry Clithering. «Man hätte damit zwei Fliegen mit einer Klappe geschlagen. Erst das Mädchen, deren Tod dann auch Mr. Jefferson dahinrafft – ehe er Gelegenheit hatte, sein Testament zu ändern.»

«Glauben Sie, er wird es ändern?»

«Das müssten Sie besser wissen als ich, Sir. Was meinen Sie?»

«Schwer zu sagen. Bevor Ruby Keene auf der Bildfläche erschien, wollte er sein Geld zwischen Mark Gaskell und Mrs. Jefferson aufteilen, wie ich zufällig weiß. Ich sehe keinen Grund, warum er seine Pläne jetzt ändern sollte. Aber auszuschließen ist es natürlich nicht. Vielleicht hinterlässt er das Geld ja einem Tierheim oder einer Stiftung für junge Berufstänzerinnen.»

Superintendent Harper musste ihm Recht geben. «Man weiß nie, was für Verrücktheiten sich jemand plötzlich ausdenkt, besonders wenn er keine moralische Verpflichtung sieht, in bestimmter Weise mit seinem Vermögen zu verfahren. Keine Blutsbande in diesem Fall.»

«Er mag den Jungen, den kleinen Peter», sagte Sir Henry.

«Meinen Sie, er betrachtet ihn als seinen Enkel? Das wissen Sie sicher besser als ich, Sir.»

«Nein, ich glaube nicht», erwiderte Sir Henry nachdenklich.

«Und noch etwas würde ich Sie gern fragen, Sir. Ich selbst kann es nicht beurteilen, aber Sie als Freund der Familie können wahrscheinlich mehr darüber sagen. Ich wüsste zu gern, was Mr. Jefferson für Mark Gaskell und die junge Mrs. Jefferson empfindet.»

Sir Henry runzelte die Stirn. «Ich bin nicht sicher, ob ich Sie recht verstehe, Superintendent.»

«Ich meine es so: Was bedeuten sie ihm als Menschen, unabhängig von seiner besonderen Beziehung zu ihnen?»

«Ah, jetzt verstehe ich.»

«Es besteht ja kein Zweifel, dass er sehr an den beiden hing. Aber aus meiner Sicht hing er an ihnen, weil Mrs. Jefferson die Frau seinen Sohnes und Mark Gaskell der Mann seiner Tochter war. Was wäre gewesen, wenn beispielsweise einer von beiden wieder geheiratet hätte?»

Sir Henry überlegte. «Eine interessante Frage, die Sie da stellen. Ich weiß es nicht. Ich neige zu der Annahme – aber das ist meine ganz persönliche Meinung –, dass sich seine Haltung dadurch nicht unerheblich geändert hätte. Er hätte ihnen alles Gute gewünscht, ohne jeden Groll, aber ich glaube – ja, ich glaube eher, dass er sich dann nicht mehr groß für sie interessiert hätte.»

«Das gilt für beide?»

«Ich denke schon. Für Mr. Gaskell so gut wie sicher und für Mrs. Jefferson vermutlich auch, wenn auch bei weitem nicht so sicher. *Sie* mochte er wohl um ihrer selbst willen.»

«Das könnte mit dem Geschlecht zusammenhängen», erklärte Superintendent Harper weise. «In Mrs. Jefferson eine Tochter zu sehen war leichter für ihn als in Mr. Gaskell einen Sohn. Umgekehrt ist es ja genauso. Frauen nehmen den Schwiegersohn meist bereitwillig in die Familie auf, während sie die Frau des Sohnes nicht allzu häufig als Tochter akzeptieren.

Ist es Ihnen recht, Sir, wenn wir hier entlang zum Tennisplatz gehen? Ich sehe gerade, dass Miss Marple dort sitzt, und möchte sie um einen Gefallen bitten. Das heißt, eigentlich möchte ich Sie beide einspannen.»

«Und wofür, Superintendent?»

«Um mir Informationen zu beschaffen, an die ich selbst nicht herankomme. Ich möchte, dass Sie sich Edwards vornehmen, Sir.»

«Edwards? Was wollen Sie denn von ihm?»

«Alles, was Sie sich nur vorstellen können! Alles, was er weiß und was er denkt! Über die Beziehungen zwischen den einzelnen Familienmitgliedern, über die Sache mit Ruby Keene. Interna. Er kennt die Lage der Dinge besser als jeder andere, darauf wette ich! Mir würde er nichts sagen, aber Ihnen. Vielleicht bringt uns das ja auf eine Spur. Natürlich nur, wenn Sie nichts dagegen haben.»

«Nein, ich habe nichts dagegen», erwiderte Sir Henry grimmig. «Ich bin gerufen worden – und zwar dringend –, um die Wahrheit herauszufinden, und ich werde mein Bestes tun. Und wie soll Miss Marple Ihnen helfen?»

«Ich dachte da an die Mädchen. Diese Pfadfinderinnen. Wir haben jetzt etwa ein halbes Dutzend beisammen, diejenigen, die am engsten mit Pamela Reeves befreundet waren. Vielleicht wissen sie ja etwas. Sehen Sie, ich habe mir da so meine Gedanken gemacht. Hätte das Mädchen wirklich zu Woolworth gewollt, dann hätte sie sicher eine ihrer Freundinnen überredet mitzukommen. Mädchen gehen nicht gern allein einkaufen.»

«Da haben Sie sicher Recht.»

«Ich halte es für möglich, dass das mit Woolworth nur ein Vorwand war. Ich möchte herausfinden, wo Pamela Reeves wirklich war. Vielleicht hat sie irgendetwas angedeutet, und dann wäre Miss Marple genau die Richtige, um es aus den Mädchen herauszufragen. Mit Mädchen kennt sie sich aus, würde ich sagen – besser als ich. Und vor der Polizei hätten sie ohnehin Angst.»

«Klingt nach der Sorte dörflicher Probleme, die genau Miss Marples Fall sind. Sie ist sehr gewieft, wissen Sie.»

Der Superintendent lächelte. «Das kann man wohl sagen. Ihr entgeht so schnell nichts.»

Miss Marple sah auf, als sie herankamen, und begrüßte sie eifrig. Der Superintendent brachte seine Bitte vor, und sie sagte sofort zu.

«Ich möchte Ihnen schrecklich gern helfen, Superintendent, und vielleicht kann ich es ja wirklich. Die Sonntagsschule, wissen Sie, die Wichtel und unsere Pfadfinderinnen und das Waisenhaus hier in der Nähe – ich bin im Ausschuss, wissen Sie, und schaue oft auf einen Plausch mit der Leiterin dort vorbei, und dann die Dienstboten – normalerweise habe ich ganz junge Mädchen. Doch, ja, ich habe da reichlich Erfahrung und kann ganz gut beurteilen, ob ein Mädchen die Wahrheit sagt oder etwas verschweigt.»

«Sie sind also Expertin auf diesem Gebiet», sagte Sir Henry.

Miss Marple warf ihm einen vorwurfsvollen Blick zu. «Lachen Sie nicht über mich, Sir Henry, ich bitte Sie.»

«Aber wo werd ich denn! So oft, wie Sie schon über mich lachen konnten!»

«Man sieht so viel Böses in einem Dorf», murmelte Miss Marple zur Erklärung.

«Übrigens», sagte Sir Henry, «ich habe einen Punkt geklärt, nach dem Sie mich gefragt hatten. In Rubys Papierkorb waren tatsächlich abgeschnittene Fingernägel, sagt der Superintendent.»

«Ja? Dann ist das...»

«Weshalb wollten Sie das denn wissen, Miss Marple?», fragte der Superintendent.

«Das war eines der Dinge, die – also, die irgendwie nicht in Ordnung waren, als ich mir die Leiche angesehen habe. Mit den Händen war etwas nicht in Ordnung, und erst kam ich nicht darauf, was. Dann fiel mir ein, dass Mädchen, die sich stark schminken und so weiter, normalerweise auch sehr lange Fingernägel haben. Es kann natürlich immer sein, dass jemand Nägel kaut. Das ist ja eine Angewohnheit, die man schwer wieder loswird, aber die Eitelkeit ist da ein guter Helfer. Trotzdem nahm ich an, dass die Tote sie *nicht* abgelegt hatte. Und dann hat dieser Junge – Peter, Sie wissen schon – etwas erzählt, woraus hervorging, dass Rubys Nägel lang gewesen waren. Sie hatte sich einen eingerissen, und da lag es nahe, dass sie die anderen auf gleiche Länge schneidet. Deswegen hatte ich Sir Henry nach abgeschnittenen Fingernägeln gefragt, und er wollte der Sache nachgehen.»

«Sie sprachen eben von *einem* der Dinge, die nicht in Ordnung waren, als Sie sich die Leiche angesehen haben. Gab es da noch etwas?», fragte Sir Henry.

Miss Marple nickte entschieden. «O ja! Das Kleid. Das Kleid war noch viel weniger in Ordnung.»

Die beiden Männer sahen sie neugierig an.

«Inwiefern?», fragte Sir Henry.

«Ja, wissen Sie, es war ein altes Kleid. Josie hat das eindeutig bestätigt, und ich habe auch selbst gesehen, dass es schon ziemlich abgetragen war. Und das ist ja nun alles andere als in Ordnung.»

«Und warum?»

Miss Marple errötete leicht. «Nun, wir gehen doch davon aus», erklärte sie, «dass Ruby Keene sich umgezogen hat, um sich mit jemandem zu treffen, in den sie vermutlich ‹verknallt› war, wie meine jungen Neffen es ausdrücken würden.»

Der Superintendent blinzelte ein wenig. «Zumindest vermuten wir das. Sie war verabredet – mit einem, nun ja, einem Bekannten.»

«Wieso hat sie dann ein altes Kleid angezogen?», fragte Miss Marple.

Der Superintendent kratzte sich gedankenvoll den Kopf. «Ich verstehe. Sie meinen, eigentlich hätte sie ein neues Kleid tragen müssen.»

«Ihr bestes. Mädchen machen das so.»

«Ja, aber sehen Sie mal, Miss Marple», wandte Sir Henry ein, «angenommen, dieses Rendezvous fand im Freien statt und die beiden sind in einem offenen Wagen gefahren oder in unwegsamem Gelände spazieren gegangen. Da hat sie, um nicht ein neues Kleid zu ruinieren, ein altes angezogen.»

«Das wäre nur vernünftig gewesen», pflichtete der Superintendent bei.

Miss Marple wandte sich ihm zu. «Vernünftig wäre es gewesen», sagte sie lebhaft, «lange Hosen und einen Pullover anzuziehen oder Tweedsachen. Ich will ja nicht snobistisch sein, aber ich fürchte, es lässt sich nicht vermeiden: So hätte es ein Mädchen aus – aus unseren Kreisen gemacht. Ein Mädchen aus gutem Hause» – Miss Marple begann sich zu ereifern – «achtet stets darauf, bei jedem Anlass das Richtige zu tragen. Ein Mädchen aus gutem Hause würde zum Beispiel nie im geblümten Seidenkleid zu einem Geländejagdrennen erscheinen, und wenn es noch so heiß ist.»

«Und die korrekte Kleidung für ein Rendezvous?», fragte Sir Henry.

«Wenn sie sich im Hotel mit ihm trifft oder an einem anderen Ort, wo man Abendkleidung trägt, wird sie natürlich ihr bestes Abendkleid anziehen. Aber im Freien sähe sie darin lächerlich aus, das weiß sie, und deshalb würde sie dort ihre schickste Sportkleidung tragen.»

«Zugegeben. Da spricht die Modeexpertin. Aber in Rubys Fall...»

«Nun, Ruby war, um es rundheraus zu sagen, keine Dame. Sie stammte aus einem Milieu, in dem man auch zu den unpassendsten Anlässen die besten Sachen trägt. Letztes Jahr hatten wir einen Picknickausflug zu den Scrantor Rocks. Sie hätten gestaunt, wie unmöglich die Mädchen angezogen waren. Foulardkleider, Lackschuhe, kunstvolle Hüte – manche jedenfalls. Um auf Felsen und in Stechginster und Heidekraut herumzuklettern! Und die jungen Männer in ihren besten Anzügen. Beim Wandern ist es natürlich etwas anderes. Was man da trägt, ist schon fast eine Uniform – wobei sich die Mädchen nicht klarmachen, dass Shorts nur etwas für sehr Schlanke sind.»

«Und Sie meinen, dass Ruby Keene...?», fragte der Superintendent bedächtig.

«Ich meine, sie hätte ihr Kleid, ihr bestes rosa Kleid, anbehalten. Sie hätte sich nur dann umgezogen, wenn sie etwas noch Neueres gehabt hätte.»

«Und wie erklären Sie sich das alles, Miss Marple?», wollte Superintendent Harper wissen.

«Gar nicht – jedenfalls noch nicht. Aber ich kann mir nicht helfen: Ich habe das Gefühl, dass es wichtig ist...»

III

Die Tennisstunde, die Raymond Starr gegeben hatte, war zu Ende. Eine korpulente Frau mittleren Alters stieß einige Dankesquiekser aus, nahm eine himmelblaue Strickjacke an sich und entschwand Richtung Hotel.

Raymond rief ihr ein paar fröhliche Worte nach und wandte sich dann der Bank zu, auf der die drei Zuschauer saßen. Die Bälle baumelten in einem Netz, das er in der Hand hielt, den Schläger hatte er sich unter den Arm geklemmt. Die Heiterkeit auf seinem Gesicht war plötzlich wie weggeblasen. Er wirkte müde und besorgt.

«Geschafft!», sagte er im Näherkommen.

Dann brach das Lächeln wieder hervor, dieses charmante, jungenhafte, ausdrucksvolle Lächeln, das so gut zu seinem sonnengebräunten Gesicht, dem dunklen Haar und der geschmeidigen Figur passte.

Sir Henry fragte sich, wie alt der Mann sein mochte. Fünfundzwanzig, dreißig, fünfunddreißig? Er hätte es unmöglich sagen können.

Raymond schüttelte leicht den Kopf und sagte: «Die lernt es nie.»

«Ist das nicht furchtbar langweilig für Sie?», fragte Miss Marple.

«Ja, manchmal schon. Besonders gegen Ende der Saison. Eine Zeit lang gibt einem der Gedanke an die Bezahlung Auftrieb, aber am Schluss kann auch das die Phantasie nicht mehr anregen!»

Superintendent Harper stand unvermittelt auf. «Ich komme in einer halben Stunde wieder, wenn es Ihnen recht ist, Miss Marple», sagte er.

«Wunderbar, danke. Ich warte hier auf Sie.»

Harper entfernte sich. Raymond sah ihm nach und fragte dann: «Erlauben Sie, dass ich mich einen Moment zu Ihnen setze?»

«Bitte», sagte Sir Henry. «Zigarette?» Er hielt ihm sein Etui hin und überlegte währenddessen, weshalb er diese leise Voreingenommenheit gegen Raymond Starr empfand. Weil er Tennistrainer und Eintänzer war? Wenn ja, dann war es nicht das Tennisspielen, das ihn störte, sondern das Tanzen. Wir Engländer, so schloss Sir Henry, misstrauen jedem Mann, der zu gut tanzt! Der Mensch bewegte sich einfach zu elegant! Ramon, Raymond – wie hieß er noch? Abrupt fragte er ihn danach.

«Ramon war ursprünglich mein Künstlername», erklärte der andere belustigt. «Ramon und Josie, das klingt so schön spanisch, verstehen Sie? Aber es gab zu starke Vorurteile gegen Ausländer, und so wurde Raymond aus mir – sehr britisch –»

«Und in Wirklichkeit heißen Sie ganz anders?», fragte Miss Marple.

«Nein, Ramon ist mein richtiger Name, mein zweiter Vorname. Ich hatte eine argentinische Großmutter...» (Aha, daher der Hüftschwung, dachte Sir Henry nebenbei.) «Aber mein erster Vorname ist Thomas. Schrecklich prosaisch.»

Er wandte sich an Sir Henry. «Kommen Sie nicht aus Devonshire, Sir? Aus Stane? Meine Familie stammt aus der Gegend. Aus Alsmonston.»

Sir Henrys Miene hellte sich auf. «Sie sind einer von den Alsmonstoner Starrs? Das wusste ich ja gar nicht!»

«Nein – das hatte ich auch nicht erwartet.» Leise Bitterkeit schwang in seinen Worten mit.

«Ja, äh, Pech – und so weiter», sagte Sir Henry verlegen.

«Dass das Schloss verkauft worden ist, nachdem es dreihundert Jahre in Familienbesitz war? Ja, das war allerdings Pech. Aber irgendwann müssen Leute wie wir wohl abtreten. Wir haben uns überlebt. Mein älterer Bruder ist nach New York gegangen. Ist im Verlagswesen tätig – es geht ihm gut. Die anderen sind über die ganze Welt verstreut. Es ist heute nicht einfach, Arbeit zu finden, wenn man nichts vorzuweisen hat als eine gute Schulbildung! Wer Glück hat, kommt als Empfangschef in einem Hotel unter. Herkunft und Manieren sind da von Vorteil. Aber ich habe nichts gefunden, nur eine Stelle als Verkäufer in einem Geschäft für sanitäre Anlagen. Exquisite pfirsichfarbene und zitronengelbe Bäder, riesige Ausstellungsräume. Aber da ich nie die Preise und Lieferfristen der verdammten Dinger wusste, hat man mich an die Luft gesetzt.

Das Einzige, was ich wirklich konnte, war tanzen und Tennis spielen. In einem Hotel an der Riviera wurde ich genommen. Leicht verdientes Geld. Es ging mir gut dort. Aber dann war einmal ein alter Colonel im Hotel, so wie man sich einen alten Colonel vorstellt, uralt, britisch bis in die Knochen, so einer, der ständig von Indien schwadroniert. Geht zum Direktor und fragt in voller Lautstärke: ‹Wo ist der Gigolo? Ich brauch den Gigolo. Meine Frau und meine Tochter wollen tanzen, verstehen Sie? Wo steckt der Bursche? Was knöpft er einem ab? Wo bleibt er denn, der Gigolo?›

Blöd, so empfindlich zu sein, aber ich war's nun mal. Hab den Krempel hingeschmissen und bin hierher gekommen. Schlechtere Bezahlung, aber angenehmere Arbeit. Größtenteils Tennisstunden für vollschlanke Damen, die es nie und nimmer lernen werden. Und Tanzen mit den Mauerblümchen-Töchtern reicher Gäste. Aber so ist das Leben nun mal. So viel zum Thema Pech – tut mir Leid!»

Er lachte. Seine Zähne blitzten weiß, und in den Augenwinkeln erschienen Fältchen. Plötzlich wirkte er wieder gesund und glücklich und sehr lebendig.

«Schön, dass wir so miteinander plaudern können. Ich wollte Sie ohnehin sprechen.»

«Wegen Ruby Keene? Da kann ich Ihnen auch nicht weiterhelfen. Ich weiß nicht, wer sie umgebracht hat. Ich wusste überhaupt sehr wenig von ihr. Sie hat sich mir nicht anvertraut.»

«Mochten Sie sie?», fragte Miss Marple.

«Nicht besonders. Aber ich hatte nichts gegen sie.» Es klang gelassen, gleichgültig.

«Sie haben also keinerlei Hinweise für uns?», fragte Sir Henry.

«Leider nein, sonst hätte ich's Harper schon gesagt. Das ist auch wieder so was! Ein schmutziges kleines Verbrechen – keine Spuren, kein Motiv.»

«Zwei Leute hatten ein Motiv», sagte Miss Marple.

Sir Henry sah sie scharf an.

‹Tatsächlich?› Raymond schien überrascht.

Unter Miss Marples durchdringendem Blick erklärte Sir Henry unwillig: «Rubys Tod bringt Mrs. Jefferson und Mr. Gaskell wahrscheinlich fünfzigtausend Pfund ein.»

«Was?», rief Raymond verblüfft, ja geradezu bestürzt. «Aber das ist doch absurd, vollkommen absurd! Mrs. Jefferson – keiner von den beiden kann etwas damit zu tun haben. Unvorstellbar, auch nur daran zu denken!»

Miss Marple hüstelte und sagte milde: «Mir scheint, Sie sind ein ziemlicher Idealist.»

«Ich?» Er lachte. «Von wegen! Ich bin ein hartgesottener Zyniker.»

«Geld», sagte Miss Marple, «ist ein mächtiges Motiv.»

«Das mag ja sein», gab Raymond heftig zurück. «Aber dass einer von den beiden kaltblütig ein Mädchen erwürgen könnte…» Er schüttelte den Kopf.

«Ah, da kommt Mrs. Jefferson zu ihrer Stunde», sagte er und erhob sich. «Sie ist spät dran.» Es klang belustigt. «Zehn Minuten zu spät!»

Adelaide Jefferson kam mit Hugo McLean angelaufen. Lächelnd entschuldigte sie sich für die Verspätung und ging dann auf den Platz. McLean setzte sich auf die Bank. Er erkundigte sich höflich, ob es Miss Marple störe, wenn er rauche, zündete seine Pfeife an und paffte eine Weile schweigend vor sich hin. Kritisch verfolgte er das Spiel der beiden und sagte schließlich: «Möchte wissen, wozu Addie Stunden nimmt. Ein Match, ja. Niemand hat mehr Spaß dran als ich. Aber Stunden?»

«Sie will ihren Stil verbessern», sagte Sir Henry.

«Spielt doch nicht schlecht. Gut genug jedenfalls. Wird ja nicht gleich in Wimbledon antreten wollen, in Dreiteufelsnamen.»

Er schwieg ein paar Minuten und sagte dann: «Wer ist dieser Raymond eigentlich? Wo kommen diese Tennistrainer überhaupt her? Wirkt irgendwie südländisch.»

«Er ist einer von den Starrs in Devonshire.»

«Wie bitte? Im Ernst?»

Sir Henry nickte. Hugo McLean schien unangenehm berührt. Er blickte finsterer drein denn je.

«Möchte wissen, wieso Addie mich hat kommen lassen. Die Sache scheint sie doch gar nicht zu berühren. Sieht besser aus denn je. Was soll ich hier?»

«Wann hat sie Sie denn verständigt?», fragte Sir Henry nicht ohne Neugier.

«Ach – äh, nachdem es passiert war.»

«Und wie? Telefonisch oder telegrafisch?»

«Telegrafisch.»

«Darf ich ganz neugierig fragen, wann das Telegramm aufgegeben wurde?»

«Hm – das kann ich nicht genau sagen.»

«Wann haben Sie es denn bekommen?»

«Ich hab es nicht direkt bekommen. Es wurde telefonisch durchgegeben.»

«Wieso, wo waren Sie denn?»

«Ich war am Nachmittag zuvor aus London weggefahren. Nach Danebury Head.»

«Ach! Das ist ja ganz in der Nähe.»

«Ja, komisch, was? Erhielt die Nachricht, als ich vom Golfspielen zurückkam, und hab mich gleich auf den Weg gemacht.»

Miss Marple betrachtete ihn nachdenklich. Er schwitzte und schien sich unbehaglich zu fühlen. «Es soll sehr hübsch sein in Danebury Head und gar nicht teuer», sagte sie.

«Richtig, sonst könnte ich mir's auch nicht leisten. Netter kleiner Ort.»

«Wir müssen einmal hinfahren.»

«Äh, wie bitte? Ach so, ja, äh, unbedingt.» Er stand auf. «Muss mir noch etwas Bewegung verschaffen – regt den Appetit an.»

Steif ging er davon.

«Schlimm», sagte Sir Henry, «wie Frauen ihre treu ergebenen Verehrer behandeln.»

Miss Marple lächelte, gab aber keine Antwort.

«Ein ziemlicher Langweiler, finden Sie nicht? Ihre Meinung würde mich interessieren.»

«Ein wenig einseitig in seinen Ansichten vielleicht», erwiderte Miss Marple, «aber nicht ohne Möglichkeiten, nein, durchaus nicht.»

Sir Henry erhob sich ebenfalls.

«Es wird Zeit für mich – muss wieder an die Arbeit. Ah, da kommt ja Mrs. Bantry. Sie wird Ihnen Gesellschaft leisten.»

IV

Mrs. Bantry war ganz außer Atem. Ächzend ließ sie sich nieder und sagte: «Ich habe mich mit ein paar Zimmermädchen unterhalten, aber das führt auch nicht weiter. Gar nichts ist dabei herausgekommen! Meinst du wirklich, das Mädchen hätte einen Freund haben können, ohne dass das ganze Hotel davon wusste?»

«Eine interessante Frage, meine Liebe, die ich entschieden verneinen würde. Verlass dich drauf: *Wenn* es so war, dann hat es auch jemand gewusst! Aber sie muss sehr geschickt vorgegangen sein.»

Mrs. Bantrys Aufmerksamkeit war abgeschweift. Sie sah zum Tennisplatz hinüber. «Addie wird immer besser», sagte sie anerkennend. «Attraktiver junger Mann, dieser Trainer. Und Addie sieht auch sehr hübsch aus. Sie ist immer noch eine reizvolle Frau. Es würde mich kein bisschen überraschen, wenn sie irgendwann wieder heiraten würde.»

«Und reich ist sie außerdem, wenn Mr. Jefferson stirbt.»

«An was du immer denkst, Jane! Warum hast du den Fall eigentlich noch nicht gelöst? Wir kommen keinen Schritt voran. Ich dachte, du würdest sofort Bescheid wissen!», sagte Mrs. Bantry vorwurfsvoll.

«Aber woher denn, meine Liebe, sofort nicht. Es hat schon seine Zeit gedauert.»

Mrs. Bantry sah sie ungläubig und erschrocken an. «Du meinst, jetzt weißt du, wer Ruby Keene umgebracht hat?»

«O ja», sagte Miss Marple, «das schon!»

«Ja, und wer ist es? Nun sag schon!»

Miss Marple schüttelte energisch den Kopf und spitzte die Lippen. «Tut mir Leid, Dolly, aber das wäre ganz sicher nicht das Richtige.»

«Warum denn nicht?»

«Du bist zu indiskret. Du würdest es überall herumerzählen – oder zumindest Andeutungen machen.»

«Aber nein, keiner Menschenseele würde ich was erzählen!»

«Leute, die das sagen, sind immer die letzten, die sich daran halten. Nein, nein, meine Liebe. Wir haben noch einen weiten Weg vor uns. So vieles ist noch völlig unklar. Weißt du noch, damals, als ich so dagegen war, dass Mrs. Partridge fürs Rote Kreuz sammelt, und nicht sagen konnte, warum? Der Grund war, dass ihre Nase auf genau die gleiche Art gezuckt hat wie die von meinem Dienstmädchen Alice, wenn sie die wöchentlichen Rechnungen in den Geschäften bezahlte. Hat jedes Mal einen Shilling zurückbehalten und gesagt ‹Das kommt auf die nächste Rechnung›, und genau das hat Mrs. Partridge auch getan, nur in viel größerem Maßstab. Fünfundsiebzig Pfund hat sie veruntreut.»

«Reden wir nicht von Mrs. Partridge.»

«Ich wollte es dir nur erklären. Wenn es dir so wichtig ist, kann ich dir ja einen Wink geben. Alle waren viel zu leichtgläubig – das macht den Fall so schwierig. Man kann es sich einfach nicht leisten, alles zu glauben, was einem jemand sagt. Sobald mir etwas spanisch vorkommt, glaube ich überhaupt nichts mehr! Dafür kenne ich die menschliche Natur einfach zu gut.»

Mrs. Bantry schwieg eine Weile und sagte dann in verändertem Tonfall: «Ich hab dir doch gesagt, dass ich nicht einsehe, wieso ich mich nicht über den Fall freuen sollte. Ein richtiger Mord in meinem eigenen Haus! So etwas kommt nie wieder!»

«Das wollen wir auch nicht hoffen.»

«Du hast ja Recht. Einmal genügt. Aber es ist *mein* Mord, Jane, und ich möchte meinen Spaß daran haben.»

Miss Marple warf ihr einen Blick zu.

«Du glaubst mir nicht?», fragte Mrs. Bantry herausfordernd.

«Doch, Dolly, natürlich, wenn du's sagst», erwiderte Miss Marple nachgiebig.

«Aber du hast doch eben gesagt, du glaubst überhaupt nichts.

Na ja, es stimmt ja.» Mrs. Bantrys Stimme klang plötzlich bitter. «Ich bin ja nicht ganz dumm. Du denkst vielleicht, ich weiß nicht, wie die Leute in St. Mary Mead reden. Und nicht nur dort – in der ganzen Grafschaft! Kein Rauch ohne Feuer, sagen sie, einer wie der andere, und dass Arthur garantiert etwas weiß, weil die Tote in seiner Bibliothek gefunden wurde. Dass sie Arthurs Geliebte war, dass sie eine uneheliche Tochter von ihm war, dass sie ihn erpresst hat. Alles, was ihnen so in den Sinn kommt! Und das wird immer so weitergehen! Arthur wird erst nichts merken, und dann wird er sich's nicht erklären können. Er ist ja so ein lieber alter Dummkopf, er käme gar nicht auf die Idee, dass man so etwas von ihm denken könnte. Die Leute werden ihm die kalte Schulter zeigen und ihn schief ansehen (was immer das heißen mag!), und ganz allmählich wird es ihm aufgehen, und er wird entsetzt sein und bis ins Mark getroffen, er wird sich in sein Schneckenhaus zurückziehen und nur noch in seinem Elend ausharren, Tag für Tag.

Und damit das nicht geschieht, bin ich hierher gekommen. Ich will so viel herauskriegen, wie ich nur irgend kann, und wenn es noch so unbedeutend ist! Dieser Mord *muss* aufgeklärt werden! Wenn nicht, dann ist Arthur verloren, und das lasse ich nicht zu. Das lasse ich nicht zu!»

Sie hielt einen Moment inne und fuhr dann fort: «Ich lasse nicht zu, dass der Gute Höllenqualen leidet für etwas, das er gar nicht getan hat. Nur deshalb habe ich ihn allein gelassen und bin hierher gefahren – um die Wahrheit zu finden.»

«Ich weiß doch, meine Liebe. Ich bin ja aus dem gleichen Grund hier.»

Vierzehntes Kapitel

I

In einem ruhigen Hotelzimmer lauschte Edwards respektvoll Sir Henry Clitherings Worten.

«Es gibt da gewisse Fragen, die ich Ihnen gern stellen würde, Edwards, aber zuvor möchte ich unmissverständlich klarstellen, welche Position ich hier einnehme. Ich war früher Chef von Scotland Yard, habe mich aber inzwischen ins Privatleben zurückgezogen. Ihr Herr hat mich nach der Tragödie hierher gebeten, um mit Hilfe meiner Fähigkeiten und meiner Erfahrung der Wahrheit auf die Spur zu kommen.»

Sir Henry machte eine Pause. Edwards' helle, kluge Augen ruhten auf seinem Gesicht. Dann neigte der Diener den Kopf und sagte: «Ganz recht, Sir Henry.»

Langsam und bedächtig fuhr Clithering fort: «In jedem Kriminalfall wird zwangsläufig einiges an Informationen zurückgehalten. Dafür kann es verschiedene Gründe geben: Ein Familiengeheimnis droht ans Licht zu kommen, man sieht keinen Zusammenhang mit dem Verbrechen, oder man fürchtet, in eine peinliche Situation zu geraten.»

«Ganz recht, Sir Henry», wiederholte Edwards.

«So, Edwards, die wichtigsten Punkte der Angelegenheit dürften Ihnen nun deutlich geworden sein. Das tote Mädchen sollte Mr. Jeffersons Adoptivtochter werden. Zwei Personen hatten ein Motiv, das zu verhindern, und diese beiden sind Mr. Gaskell und Mrs. Jefferson.»

Die Augen des Dieners glommen einen Moment lang auf.

«Darf ich fragen, ob sie unter Verdacht stehen?», erkundigte er sich.

«Verhaftung droht ihnen nicht, wenn Sie das meinen. Aber die Polizei *muss* sie verdächtigen, und sie wird es so lange tun, bis der Fall geklärt ist.»

«Eine unangenehme Situation für die beiden, Sir.»

«Höchst unangenehm. Um nun der Wahrheit näher zu kommen, müssen alle Fakten erfasst werden, ohne Ausnahme. Sehr viel – und das muss auch so sein – hängt von den Reaktionen, Worten und Gesten Mr. Jeffersons und seiner Familie ab. Wie war ihnen zumute, was hat man ihnen angemerkt, was ist gesagt worden? Was ich von Ihnen möchte, Edwards, sind interne Informationen – Informationen, über die nur Sie verfügen. Sie kennen die Stimmungen Ihres Herrn und können aufgrund Ihrer Erfahrung vermutlich auch sagen, wodurch sie hervorgerufen werden. Ich sage das nicht als Polizist, sondern als Freund von Mr. Jefferson. Wenn Sie mir also etwas mitteilen, was ich im Zusammenhang mit dem Fall für irrelevant halte, werde ich es nicht an die Polizei weitergeben.»

Er hielt inne.

«Ich verstehe, Sir», sagte Edwards ruhig. «Sie möchten, dass ich offen rede, dass ich Dinge sage, die ich normalerweise nicht sagen würde und die Sie sich – Sie verzeihen, Sir – auch ganz gewiss nicht anhören würden.»

«Sie sind ein kluger Mann, Edwards. Genau das wollte ich damit sagen.»

Edwards schwieg eine Weile und begann dann zu erzählen.

«Ich kenne Mr. Jefferson natürlich inzwischen recht gut, ich bin ja schon seit Jahren bei ihm. Und ich sehe ihn auch in seinen schlechten Phasen, nicht nur in seinen guten. Manchmal frage ich mich im Stillen, ob es sinnvoll ist, so gegen das Schicksal anzukämpfen, wie Mr. Jefferson es tut. Das fordert einen hohen Tribut, Sir. Hätte er sich hin und wieder einmal gehen lassen, sich zugestanden, ein unglücklicher, einsamer, gebrochener alter Mann zu sein – ich glaube, es wäre letzten Endes besser für ihn gewesen. Aber dazu ist er zu stolz! Sich niemals kampflos ergeben, das ist seine Devise.

Aber die Nerven, Sir Henry, die machen so etwas nicht ewig mit. Mr. Jefferson wirkt so ausgeglichen, aber ich habe auch schon erlebt, dass er vor Wut kaum noch sprechen konnte. Und ganz besonders bringt es ihn auf, wenn man ihn täuscht...»

«Denken Sie da an etwas Bestimmtes, Edwards?»

«Ja, Sir. Sie hatten mich gebeten, ganz offen zu sein?»

«So ist es.»

«Nun, Sir Henry, meiner Meinung nach war die junge Frau, die es Mr. Jefferson so angetan hatte, seiner Zuwendung nicht wert. Sie war, um es rundheraus zu sagen, eine ziemlich gewöhnliche Person. Und sie hat sich nicht das Geringste aus Mr. Jefferson gemacht. Ihre Zuneigung, ihre Dankbarkeit – das war alles gespielt. Sicher, sie war kein schlechter Mensch, aber sie war auch nicht entfernt das, wofür Mr. Jefferson sie gehalten hat. Seltsam, denn Mr. Jefferson kann man so leicht nichts vormachen. Er hat sich selten in jemandem geirrt. Aber wenn eine junge Frau im Spiel ist, setzt der Verstand eben aus. Sehen Sie, die junge Mrs. Jefferson, deren Zuneigung ihm immer so wichtig war, hat sich in diesem Sommer stark verändert. Das hat ihm schwer zu schaffen gemacht. Er mochte sie sehr, verstehen Sie? Für Mr. Mark hatte er nie viel übrig.»

«Und trotzdem war er ständig mit ihm zusammen?», warf Sir Henry ein.

«Ja, aber nur wegen Miss Rosamund, also Mrs. Gaskell. Sie war sein Augapfel. Er hat sie über alles geliebt. Mr. Mark war für ihn immer nur Rosamunds Mann.»

«Und wenn Mr. Mark wieder geheiratet hätte?»

«Dann wäre Mr. Jefferson wütend gewesen, Sir.»

Sir Henry zog die Brauen hoch. «So stark hätte er reagiert?»

«Ja, wenn er es sich auch nicht hätte anmerken lassen.»

«Und wenn Mrs. Jefferson wieder geheiratet hätte?»

«Das hätte ihm ebenso wenig gefallen, Sir.»

«Bitte fahren Sie fort, Edwards.»

«Ja, also, was ich sagen wollte: Mr. Jefferson fiel auf die junge Frau herein. Ich habe das bei meinen Herren oft erlebt. Es überkommt sie wie eine Krankheit. Sie möchten das Mädchen beschützen, es abschirmen, es mit Wohltaten überschütten, aber in neun von zehn Fällen kann das Mädchen sehr gut für sich selbst sorgen und hat ein sicheres Gespür für die große Chance.»

«Sie meinen also, Ruby Keene war eine Intrigantin?»

«Nun ja, Sir, sie war noch ziemlich unerfahren – sie war ja noch so jung –, aber sie hatte durchaus das Zeug dazu, sie hätte sozusagen nur richtig in Schwung kommen müssen! Noch fünf Jahre, und sie wäre Expertin auf diesem Gebiet gewesen!»

«Ich bin froh, Ihre Meinung über sie zu hören, das hilft mir sehr. Nun meine nächste Frage: Erinnern Sie sich, ob das Thema Adoption einmal zwischen Mr. Jefferson und seiner Familie besprochen wurde?»

«Da wurde nicht viel besprochen, Sir. Mr. Jefferson hat seinen Entschluss bekannt gegeben und keinen Widerspruch geduldet. Das heißt, er ist Mr. Mark über den Mund gefahren, der sich recht unverblümt geäußert hat. Mrs. Jefferson hat ohnehin nicht viel gesagt – sie ist ja eine sehr ruhige Dame –, sie hat ihn nur eindringlich gebeten, nichts zu überstürzen.»

Sir Henry nickte. «Und sonst? Wie hat das Mädchen sich verhalten?»

«Triumphiert hat sie, Sir – so würde ich es nennen», erwiderte der Diener sichtlich angewidert.

«Aha – triumphiert, sagen Sie? Sie hatten keinen Grund zu der Annahme, Edwards, dass» – er suchte nach einer passenden Formulierung – «dass – äh – ihre Gefühle anderweitig gebunden waren?»

«Mr. Jefferson wollte sie ja nicht heiraten, Sir. Er wollte sie nur adoptieren.»

«Gut, lassen wir das ‹anderweitig› beiseite. Aber die Frage bleibt.»

«Hm, ja, *einen* Vorfall hat es gegeben, Sir, bei dem ich zufällig Zeuge war.»

«Sehr erfreulich. Erzählen Sie.»

«Wahrscheinlich hat es gar nichts zu bedeuten, Sir, aber einmal, als die junge Frau ihre Handtasche geöffnet hat, ist eine kleine Fotografie herausgefallen. Mr. Jefferson hat sofort danach gegriffen und gesagt: ‹Nanu, Kleines, wer ist denn das?› Es war ein Bild von einem jungen Mann, dunkelhaarig, ziemlich zerzaust, mit schlampig gebundener Krawatte. Miss Keene hat so getan, als wüsste sie von nichts. ‹Ich weiß nicht, Jeffie›, hat sie gesagt, ‹keine Ahnung. Wie kommt das bloß in meine Handtasche? Ich hab's jedenfalls nicht reingetan!›

Mr. Jefferson konnte sie natürlich nichts vormachen, dafür war die Geschichte zu fadenscheinig. Er war wütend. Seine Stirn hat sich in Falten gelegt, und er hat ziemlich schroff gesagt: ‹Na, na, Kleines, du weißt doch ganz genau, wer das ist.› Da hat sie ihre Taktik schnell geändert und eine erschrockene Miene aufgesetzt. ‹Ach ja›, hat sie gesagt, ‹jetzt erkenne ich ihn. Er kommt manchmal hierher, ich hab auch schon mit ihm getanzt. Wie er heißt, weiß ich nicht. Er muss das Foto heimlich in meine Tasche gesteckt haben, dieser Idiot. Diese Jungen sind so was von albern!› Sie hat den Kopf zurückgeworfen und gekichert und schnell das Thema gewechselt. Aber es klang nicht sehr glaubwürdig. Und so recht geglaubt hat Mr. Jefferson es wohl auch nicht. Er hat sie danach ein paar Mal sehr scharf angesehen, und wenn sie weg gewesen war, hat er sie gefragt, wo sie war.»

«Haben Sie den Mann auf der Fotografie einmal im Hotel gesehen?»

«Nicht, dass ich wüsste, Sir, aber ich halte mich auch nicht oft unten in den gemeinschaftlichen Räumen auf.»

Sir Henry nickte. Er stellte noch einige Fragen, aber Edwards konnte ihm nichts mehr sagen.

II

In seinem Büro auf dem Polizeirevier in Danemouth verhörte Superintendent Harper Jessie Davis, Florence Small, Beatrice Henniker, Mary Price und Lilian Ridgeway.

Die Mädchen, Töchter von Landadeligen, Bauern und Ladenbesitzern, waren etwa gleichaltrig und einander auch im Wesen ziemlich ähnlich. Alle erzählten dasselbe: Pamela Reeves hatte sich ganz normal verhalten, zu keiner von ihnen hatte sie etwas anderes gesagt, als dass sie noch bei Woolworth einkaufen und mit einem späteren Bus nach Hause fahren wolle.

In der Ecke saß eine ältere Dame. Die Mädchen nahmen kaum Notiz von ihr und fragten sich vermutlich allenfalls, wer sie war. Eine Polizistin bestimmt nicht. Wahrscheinlich eine Zeugin, die ebenfalls verhört werden sollte.

Superintendent Harper geleitete das letzte der Mädchen hinaus, wischte sich die Stirn und wandte sich mit fragendem, aber wenig hoffnungsvollem Blick Miss Marple zu.

Doch Miss Marple sagte entschieden: «Ich würde gern mit Florence Small sprechen.»

Die Brauen des Superintendent hoben sich, aber er nickte nur und drückte auf eine Klingel. Ein Wachtmeister erschien.

«Florence Small», sagte Harper.

Das Mädchen wurde wieder hereingeführt. Sie war die Tochter eines wohlhabenden Bauern, hoch gewachsen, blond, mit einem etwas töricht wirkenden Mund und ängstlichen braunen Augen. Sie schlang nervös die Hände ineinander.

Superintendent Harper warf Miss Marple einen Blick zu, und sie nickte. Er erhob sich und sagte zu dem Mädchen: «Die Dame möchte dir einige Fragen stellen.» Dann verließ er den Raum und schloss die Tür hinter sich.

Florence Small sah Miss Marple unbehaglich an. Ihre Augen glichen denen der Kälber ihres Vaters.

«Setz dich, Florence», sagte Miss Marple.

Gehorsam nahm Florence Platz. Ohne dass es ihr bewusst

war, fühlte sie sich plötzlich wohler, weniger befangen. Die fremde, einschüchternde Atmosphäre des Polizeireviers war etwas Vertrauterem gewichen, dem wohl bekannten Befehlston eines strengen Menschen.

«Es ist von größter Wichtigkeit», sagte Miss Marple, «dass wir über alles, was die arme Pamela am Tag ihres Todes gemacht hat, genau Bescheid wissen, das verstehst du doch sicher, Florence.»

Das Mädchen murmelte ein Ja.

«Und sicher willst du uns dabei nach besten Kräften helfen?»

Natürlich wolle sie das, erwiderte Florence mit misstrauischem Blick.

«Informationen zurückzuhalten ist ein sehr schweres Vergehen.»

Das Mädchens spielte nervös mit den Fingern und schluckte ein paar Mal.

«Ich gestehe dir zu», fuhr Miss Marple fort, «dass es dir Angst macht, mit der Polizei in Berührung zu kommen. Du fürchtest, man könnte dir einen Vorwurf daraus machen, dass du nicht früher geredet hast, und vielleicht auch, dass du Pamela nicht zurückgehalten hast. Aber du musst jetzt tapfer sein und dir die Sache von der Seele reden. Wenn du nicht sagst, was du weißt, dann wird das schlimme Folgen haben – sehr schlimme Folgen. Das käme einem Meineid gleich, und darauf steht, wie du weißt, Gefängnis.»

«Ich – ich...»

«Keine Ausflüchte jetzt, Florence!», rief Miss Marple scharf. «Erzähl mir alles, und zwar sofort! Pamela wollte gar nicht zu Woolworth, stimmt's?»

Florence leckte sich die trockenen Lippen und sah Miss Marple mit dem flehentlichen Blick eines Tieres auf der Schlachtbank an.

«Es hatte etwas mit dem Film zu tun, nicht wahr?», fragte Miss Marple.

Unendliche Erleichterung mischte sich auf Florences Zügen

mit ehrfürchtigem Staunen. Ihre Hemmungen fielen von ihr ab. «Ja!», stieß sie hervor.

«Dacht ich mir's doch», sagte Miss Marple. «Und nun die Einzelheiten, bitte.»

Jetzt sprudelten die Worte nur so hervor.

«Ich hatte solche Angst! Ich hatte Pam doch versprochen, niemandem ein Sterbenswörtchen zu sagen. Und dann hat man sie in dem Auto gefunden, verbrannt – o Gott, das war so furchtbar, am liebsten wäre ich gestorben! Ich hatte das Gefühl, alles ist meine Schuld, ich hätte sie zurückhalten müssen. Aber ich hab doch keine Sekunde gedacht, dass da etwas nicht stimmt. Und als man mich gefragt hat, ob sie an dem Tag ganz normal war, da hab ich automatisch ja gesagt. Deswegen konnte ich später nichts mehr sagen. Aber ich wusste ja auch nichts, nicht viel jedenfalls, nur das, was Pam mir erzählt hatte.»

«Und was hat sie dir erzählt?»

«Es war auf dem Weg zum Bus, vor dem Treffen. Sie hat mich gefragt, ob ich ein Geheimnis für mich behalten kann, und ich hab ja gesagt und musste schwören, dass ich es nicht weitersage. Nach dem Treffen sollten in Danemouth von ihr Probeaufnahmen für einen Film gemacht werden! Sie hatte einen Filmproduzenten kennen gelernt, der war gerade frisch aus Hollywood zurück. Er hat für einen Film einen bestimmten Typ gebraucht und Pam gesagt, sie sei genau das, was er sucht. Aber er hat sie gewarnt: Sie sollte sich nicht zu früh freuen, ohne die Aufnahmen könnte man noch gar nichts sagen, man könnte sich da auch sehr irren. Eine Art Bergner-Rolle sei es, hat er gesagt, und man bräuchte eine ganz junge Darstellerin dafür. Es ginge um ein Schulmädchen, das mit einem Revuestar die Rollen tauscht und dann ganz groß Karriere macht. Pam hat öfters in Schulaufführungen mitgespielt, und sie war wirklich gut. Er hat gesagt, er sieht, dass sie schauspielern kann, aber sie bräuchte noch eine intensive Schulung. Es würde kein Honiglecken werden, hat er gesagt, sondern verdammt harte Arbeit, und ob sie sich das zutraut.»

Florence Small hielt inne, um Luft zu schöpfen. Es wurde Miss Marple ganz übel bei diesem schmierigen Aufguss zahlloser Filme und Romane. Pamela Reeves war wie die meisten Mädchen zweifellos davor gewarnt worden, sich von Fremden ansprechen zu lassen, aber die glitzernde Welt des Films hatte sie blind gemacht.

«Das hat sich alles ganz geschäftsmäßig angehört», nahm Florence ihren Bericht wieder auf. «Wenn die Probeaufnahmen gut würden, dann würde sie einen Vertrag bekommen, hat er gesagt, und den sollte sie, da sie noch jung und unerfahren sei, von einem Anwalt prüfen lassen, bevor sie unterschreibt. Sie sollte nur nicht sagen, dass er selber ihr das empfohlen hätte. Er hat sie gefragt, ob sie Ärger mit ihren Eltern bekommen würde, und Pam hat gesagt, wahrscheinlich schon, und da hat er gesagt: ‹Das ist bei so jungen Darstellern natürlich immer ein Problem, aber wenn man ihnen klarmacht, was für eine einmalige Chance das ist, dann haben sie bestimmt nichts dagegen.› Vor den Probeaufnahmen hätte es aber sowieso keinen Sinn, mit ihnen darüber zu sprechen. Wenn nichts aus dem Projekt würde, sollte sie nicht enttäuscht sein. Er hat ihr von Vivian Leigh erzählt, wie sie London im Sturm erobert hat, und dass schon öfter jemand über Nacht berühmt geworden ist. Er selber sei aus Amerika zurückgekommen, um in den Lemville-Studios zu arbeiten und frischen Wind in die englische Filmindustrie zu bringen.»

Miss Marple nickte.

«Es war alles ausgemacht», fuhr Florence fort. «Pam sollte nach dem Treffen in sein Hotel in Danemouth kommen, dann wollte er sie ins Studio bringen. Es gäbe in Danemouth ein kleines Probestudio, hat er gesagt, da würden die Aufnahmen gemacht, und danach könnte sie noch den Bus nach Hause erreichen. Ihren Eltern könnte sie ja sagen, sie wäre einkaufen gewesen. Nach ein paar Tagen würde er ihr das Ergebnis mitteilen, und wenn es positiv ausfalle, würde Mr. Harmsteiner, der Chef, zu ihr nach Hause kommen und mit ihren Eltern reden.

Das klang natürlich alles himmlisch! Ich war ganz gelb vor

Neid! Bei unserem Treffen hat man Pam überhaupt nichts angemerkt – Pokerface haben wir sie immer genannt. Nur als sie gesagt hat, dass sie noch zu Woolworth will, hat sie mir zugewinkert. Ich hab sie noch gesehen, wie sie in den Weg eingebogen ist.» Florence begann zu weinen. «Ich hätte sie zurückhalten müssen. Ich hätte sie zurückhalten müssen! Ich hätte wissen müssen, dass so etwas nicht wahr sein kann. Ich hätte es jemand erzählen müssen. O Gott, am liebsten wär ich tot!»

«Na, na!» Miss Marple tätschelte ihr die Schulter. «Ist ja gut. Niemand macht dir einen Vorwurf. Es war richtig von dir, mir alles zu erzählen.»

Sie verwandte einige Zeit darauf, das Kind wieder aufzumuntern.

Fünf Minuten später erzählte sie die Geschichte Superintendent Harper. Seine Miene verfinsterte sich.

«Dieser gerissene Lump! Dem werd ich die Suppe versalzen! Das rückt die Sache in ein völlig neues Licht.»

«Allerdings.»

Harper sah sie von der Seite an. «Sie scheinen gar nicht überrascht?»

«Ich hatte etwas Ähnliches erwartet.»

«Und wie kamen Sie gerade auf Florence Small?», fragte Superintendent Harper neugierig. «Schreckliche Angst hatten sie doch alle – ich konnte keinerlei Unterschied zwischen ihnen feststellen.»

«Sie haben mit Mädchen, die lügen, eben nicht die Erfahrung, die ich habe», erklärte Miss Marple milde. «Florence hat Ihnen fest in die Augen geschaut, wie Sie sich vielleicht erinnern, sie stand sehr aufrecht da und hat nur leicht mit den Füßen gescharrt, wie die anderen auch. Aber Sie konnten nicht beobachten, wie sie zur Tür hinausging. Da wusste ich sofort, dass sie etwas verheimlicht. Sie hat zu früh aufgeatmet – das tun sie fast immer. Bei meinem Dienstmädchen Janet war es genauso. Sie hat mir zum Beispiel ganz überzeugend erzählt, die Mäuse hätten den Rest vom Kuchen aufgefressen, aber dann hat sie schon im Hinausgehen angefangen zu grinsen und sich dadurch verraten.»

«Ich bin Ihnen sehr dankbar», sagte Harper. «Die Lemville-Studios, wie?», fügte er nachdenklich hinzu.

Miss Marple gab keine Antwort. Sie erhob sich. «Ich bin leider in Eile», sagte sie. «Es hat mich sehr gefreut, Ihnen behilflich sein zu können.»

«Gehen Sie wieder ins Hotel?»

«Ja, zum Packen. Ich muss so schnell wie möglich nach St. Mary Mead zurück. Da gibt es viel für mich zu tun.»

Fünfzehntes Kapitel

I

Miss Marple trat durch die Terrassentür ins Freie, trippelte ihren gepflegten Gartenweg hinab und durch ein kleines Tor, gelangte durch eine Pforte in den Pfarrgarten, durchquerte ihn und klopfte leise ans Wohnzimmerfenster.

Der Pfarrer setzte in seinem Arbeitszimmer gerade die Sonntagspredigt auf, doch seine hübsche, junge Frau bewunderte im Wohnzimmer die Krabbelkünste ihres Sprösslings auf dem Kaminvorleger.

«Darf ich eintreten, Griselda?»

«Aber bitte, Miss Marple. Sehen Sie sich nur David an! Er wird immer ganz zornig, weil er nur rückwärts krabbeln kann. Er will irgendwohin, aber je mehr er es versucht, desto weiter entfernt er sich davon, bis er im Kohlenkasten landet!»

«Ein kräftiges Kerlchen, Griselda.»

«Ja, nicht wahr?», sagte die junge Mutter gespielt gleichgültig. «Ich beschäftige mich natürlich nicht allzu viel mit ihm. In allen Büchern steht ja, man sollte Kinder möglichst in Ruhe lassen.»

«Sehr vernünftig, meine Liebe», sagte Miss Marple. «Nun, äh, weshalb ich hier bin: Ich wollte fragen, ob im Moment für irgendeinen besonderen Zweck gesammelt wird.»

Die Pfarrersfrau bedachte sie mit einem leicht erstaunten Blick. «O ja, da gibt es eine ganze Menge», erwiderte sie munter. «Wie immer.»

Sie zählte an den Fingern auf: «Die Sammlung für die Restaurierung des Kirchenschiffs, die St.-Giles-Mission, unser Basar nächsten Mittwoch, die ledigen Mütter, ein Pfadfinderausflug, der Handarbeitskreis und der bischöfliche Spendenaufruf zugunsten der Hochseefischer.»

«Mir ist alles recht», sagte Miss Marple. «Ich dachte, ich könnte ja die Runde machen, mit einer Liste, wenn Sie mir die Erlaubnis geben.»

«Sie führen doch etwas im Schilde! Natürlich gebe ich Ihnen die Erlaubnis. Nehmen Sie den Basar. Wäre ja schön, etwas Bargeld zu bekommen, nicht immer nur diese schrecklichen Duftkissen und diese komischen Tintenwischer, diese trübseligen Kinderkleidchen und diese Staubwedel in Puppenform.

Und worum es sich dreht», fragte Griselda, während sie ihren Gast hinausbegleitete, «wollen Sie mir nicht verraten?»

«Später, meine Liebe, später.» Miss Marple eilte davon.

Seufzend kehrte die junge Mutter zum Kaminvorleger zurück und stupste ihren Sohn gemäß ihrem Grundsatz strikter Vernachlässigung dreimal in den Bauch, worauf er ihr in die Haare griff und fröhlich kreischend daran riss. Daraufhin wälzten sich die beiden in einer wilden Balgerei am Boden, bis die Tür aufging und das Dienstmädchen dem einflussreichsten aller Gemeindemitglieder (das für Kinder nichts übrig hatte) verkündete: «Die gnädige Frau ist hier drin.»

Griselda setzte sich auf und versuchte eine würdevolle, einer Pfarrersfrau angemessenere Miene aufzusetzen.

II

Mit einem kleinen schwarzen Heft voller Bleistifteintragungen in der Hand eilte Miss Marple die Dorfstraße entlang. An der Kreuzung bog sie nach links ab und ging am Blauen Eber vorbei bis Chatsworth alias «Mr. Brookers neuem Haus». Sie trat durch die Gartenpforte, schritt zur Haustür und klopfte energisch an.

Die blonde junge Frau namens Dinah Lee öffnete die Tür. Sie war weniger sorgfältig geschminkt als sonst und machte in ihren grauen Hosen und dem smaragdgrünen Pullover sogar einen etwas schmuddeligen Eindruck.

«Guten Morgen», sagte Miss Marple munter. «Kann ich einen Moment hereinkommen?» Zugleich trat sie auch schon ins Haus, so dass der etwas erstaunten Dinah gar keine Zeit zum Reagieren blieb.

«Haben Sie vielen Dank.» Miss Marple strahlte sie liebenswürdig an und nahm vorsichtig in einem «antiken» Bambussessel Platz.

«Warm für die Jahreszeit, nicht wahr?», fuhr sie, noch immer überströmend herzlich, fort.

«Ja, doch, ziemlich.» Dinah Lee wusste nicht, wie sie sich verhalten sollte, klappte in ihrer Ratlosigkeit ein Etui auf und hielt es der Besucherin hin. «Äh – Zigarette?»

«Haben Sie vielen Dank, ich rauche nicht. Ich komme nur vorbei, um zu fragen, ob Sie nicht einen Beitrag zu dem Basar nächste Woche leisten möchten.»

«Basar?», wiederholte Dinah Lee, als wüsste sie nicht, was das sei.

«Im Pfarrhaus. Nächsten Mittwoch.»

«Ach so!» Der Mund blieb ihr offen stehen. «Tut mir Leid, aber ich glaube nicht, dass ich...»

«Nicht einmal eine kleine Spende, eine halbe Krone vielleicht?» Miss Marple präsentierte ihr das Heft.

«Oh, äh, doch, ja, das könnte gehen.» Das Mädchen schien erleichtert. Sie drehte sich um und kramte in ihrer Handtasche.

Miss Marple sah sich mit scharfem Blick im Zimmer um. «Sie haben ja gar keinen Kaminvorleger», sagte sie.

Dinah Lee wandte sich ihr wieder zu und starrte sie an. Es konnte ihr nicht entgehen, wie überaus interessiert die alte Dame sie musterte, aber alles, was sie empfand, war ein Anflug von Ärger, der Miss Marple jedoch nicht verborgen blieb.

«Das ist nicht ungefährlich», sagte Miss Marple. «Die Funken können Löcher in den Teppich brennen.»

Komische Alte, dachte Dinah, sagte aber einigermaßen

freundlich, wenn auch recht vage: «Da lag auch immer einer. Ich weiß nicht, wo der hingekommen ist.»

«So ein flauschiger, wolliger?»

«Schaffell. Sah jedenfalls so aus.» Die Sache begann Dinah Spaß zu machen. Verschrobene alte Tante, diese Miss Marple. «Hier», sagte sie und gab ihr eine halbe Krone.

«Oh, vielen Dank, meine Liebe.»

Miss Marple schlug ihr Heft auf. «Äh – und welchen Namen darf ich notieren?»

Ein harter, verachtungsvoller Ausdruck trat in Dinahs Augen. Neugierige alte Hexe, dachte sie, nur deswegen ist sie gekommen – um hier herumzuschnüffeln! Damit sie was zu tratschen hat!

«Miss Dinah Lee», sagte sie überdeutlich und mit hämischem Vergnügen.

Miss Marple sah sie ruhig an. «Ist das hier nicht Mr. Basil Blakes Haus?», fragte sie.

«Ja, und ich bin Miss Dinah Lee!», erwiderte das Mädchen herausfordernd. Sie warf den Kopf zurück, und ihre blauen Augen blitzten.

Miss Marple sah sie fest an und sagte: «Erlauben Sie mir, dass ich Ihnen einen Rat gebe, auch wenn es Ihnen zudringlich erscheinen mag?»

«Es *erscheint* mir zudringlich. Sie lassen's besser bleiben.»

«Ich werde trotzdem sprechen. Ich möchte Ihnen raten, dringend raten, hier im Dorf nicht mehr Ihren Mädchennamen zu benutzen.»

Dinah starrte sie an. «Wieso denn das?»

«Sie werden schon sehr bald alles Wohlwollen und alle Sympathie brauchen, die Sie bekommen können», antwortete Miss Marple ernst. «Auch für Ihren Mann wird es wichtig sein, dass man eine gute Meinung von ihm hat. In rückständigen ländlichen Gegenden haben die Leute Vorurteile gegen Paare, die unverheiratet zusammenleben. Ich nehme an, Sie beide machen sich einen Spaß daraus, so zu tun, als ob. Außerdem hält es die Leute fern, und Sie werden nicht von ‹alten Schachteln› belästigt, wie Sie es sicher nennen würden. Aber alte Schachteln haben auch ihre Vorteile.»

«Woher wissen Sie, dass wir verheiratet sind?», fragte Dinah.

Miss Marple lächelte ablehnend. «Ach, meine Liebe...», sagte sie.

«Woher wissen Sie's?», beharrte Dinah. «Waren Sie auf dem Einwohneramt?»

Ein Funke blinkte in Miss Marples Augen. «Auf dem Einwohneramt? Aber nein. Es war nicht schwer zu erraten. In einem Dorf spricht sich alles herum, wissen Sie. Ihre, äh, Ihre Streitigkeiten – typisch für eine junge Ehe. Unwahrscheinlich, ganz und gar unwahrscheinlich in einer wilden Ehe. Es heißt doch – und ganz zu Recht, finde ich –, dass man sich über den anderen erst richtig ärgern kann, wenn man mit ihm verheiratet ist. Ohne – ohne Trauschein sind die Menschen viel vorsichtiger. Sie müssen sich ja immerfort versichern, wie glücklich sie miteinander sind und dass alles zum Besten steht. Sie müssen sich etwas beweisen. Sie wagen nicht zu streiten! Verheiratete Paare dagegen, habe ich festgestellt, genießen ihre Schlachten und die, äh, die dazugehörigen Versöhnungen.»

Sie hielt inne und zwinkerte milde.

«Also, ich...» Dinah brach ab und musste lachen. Sie nahm Platz und zündete sich eine Zigarette an. «Sie sind einmalig!», sagte sie. «Aber warum möchten Sie denn, dass wir uns hier als respektables Ehepaar zu erkennen geben?»

Miss Marple blieb ernst. «Weil Ihr Mann jeden Moment wegen Mordes verhaftet werden kann.»

III

Dinah starrte sie eine ganze Weile an. Dann fragte sie ungläubig: «Basil? Wegen Mordes? Soll das ein Witz sein?»

«Nein. Haben Sie denn die Zeitung nicht gelesen?»

Dinah schnappte nach Luft. «Sie meinen – das Mädchen im

Hotel Majestic? Wird Basil etwa verdächtigt, sie umgebracht zu haben?»

«Ja.»

«Aber das ist doch absurd!»

Draußen hörte man ein Auto vorfahren und die Gartentür scheppern. Die Tür flog auf, und Basil trat mit ein paar Flaschen in den Händen ein.

«Da ist der Gin und der Wermut», sagte er. «Hast du...?»

Er blieb stehen und sah die sittsam und aufrecht dasitzende Besucherin überrascht an.

«Sie muss verrückt sein!», stieß Dinah atemlos hervor. «Sie sagt, du wirst verhaftet, wegen Mordes an dieser Ruby Keene!»

«O Gott!» Basil Blake ließ die Flaschen aufs Sofa fallen. Er wankte zu einem Sessel, warf sich hinein und vergrub das Gesicht in den Händen. «O Gott! O Gott!», rief er noch einmal.

Dinah stürzte zu ihm und packte ihn an den Schultern. «Sieh mich an, Basil! Das ist nicht wahr! Ich weiß, dass es nicht wahr ist! Das glaube ich keine Sekunde!»

Er fasste nach ihren Händen. «Du bist ein Engel.»

«Aber wie kommen die darauf – du hast sie doch gar nicht gekannt, oder?»

«O doch, er hat sie gekannt», sagte Miss Marple.

«Halten Sie den Mund, Sie alte Hexe!», rief Basil. «Hör zu, Dinah, Liebling, ich hab sie kaum gekannt. Bin ihr ein paar Mal im Majestic über den Weg gelaufen. Das ist alles, ich schwör's dir.»

«Ich versteh das nicht», sagte Dinah verwirrt. «Wieso verdächtigt man dich dann?»

Basil stöhnte. Er bedeckte die Augen mit den Händen und wiegte sich vor und zurück.

«Was haben Sie denn mit Ihrem Kaminvorleger gemacht?», fragte Miss Marple.

«Den hab ich in den Mülleimer geworfen», antwortete er mechanisch.

Miss Marple schnalzte ärgerlich mit der Zunge. «Wie dumm von Ihnen – wie überaus dumm. Einen guten Kaminvorleger wirft man nicht in den Mülleimer. Da hatten sich Pailletten von ihrem Kleid drin verfangen, nicht wahr?»

«Ja, und ich hab sie nicht rausgekriegt.»

«Wovon redet ihr eigentlich?», rief Dinah.

«Frag sie», sagte Basil finster. «Sie weiß anscheinend alles.»

«Ich sage Ihnen, was ich glaube, wenn Sie möchten. Korrigieren Sie mich, wenn ich mich irre, Mr. Blake. Ich glaube, dass Sie auf einem Fest einen handfesten Krach mit Ihrer Frau hatten, dass Sie zu viel, äh, getrunken hatten und dann nach Danemouth gefahren sind. Ich weiß nicht, wann sie dort angekommen sind...»

«Um zwei Uhr morgens ungefähr», sagte Basil düster. «Ich wollte erst reinfahren, hab's mir aber am Ortsrand anders überlegt. Ich dachte, vielleicht kommt Dinah gleich nach Hause, und bin hierher zurückgefahren. Aber alles war dunkel. Ich hab die Tür geöffnet und Licht gemacht, und da – und da...»

Er brach ab und schluckte.

«Da lag ein Mädchen auf dem Kaminvorleger, ein Mädchen in einem weißen Abendkleid – erwürgt. Ich weiß nicht, ob Sie sie gleich erkannt haben...»

Basil Blake schüttelte heftig den Kopf. «Ich konnte gar nicht richtig hinschauen. Ihr Gesicht war ganz blau und geschwollen. Sie war wohl schon länger tot, und da lag sie – in *meinem* Zimmer!»

Er schauderte.

«Sie waren natürlich außer sich», sagte Miss Marple sanft. «Sie waren beschwipst, und Ihre Nerven sind ohnehin nicht die besten. Wahrscheinlich waren Sie in Panik. Sie wussten nicht, was tun...»

«Ich dachte, Dinah kann jeden Moment kommen. Und dann sieht sie mich da, mit einer Leiche, der Leiche eines Mädchens, und denkt, ich hab sie umgebracht. Da kam mir eine Idee – eine gute Idee, fand ich da noch, ich weiß auch nicht, warum. Ich dachte: Ich schaff sie in die Bibliothek vom alten Bantry. Verdammt aufgeblasener alter Knacker, sitzt immer auf dem hohen Ross, nennt mich einen verweichlichten Künstler und macht sich lustig über mich. Geschieht dem alten Wichtigtuer recht, dachte ich. Wird schön dumm aus der Wäsche schauen, wenn plötzlich eine tote Blondine auf seinem Kaminvorleger liegt.

Ich hatte etwas zu viel getrunken, verstehen Sie?», setzte er in kläglichem Erklärungseifer hinzu. «Richtig lustig kam mir das alles vor – der alte Bantry mit einer toten Schönheit.»

«Hm», sagte Miss Marple, «das erinnert mich an den kleinen Tommy Bond. Ein sehr sensibler Junge mit Minderwertigkeitskomplexen. Die Lehrerin würde ständig auf ihm herumhacken, hat er gesagt und einen Frosch in die Uhr gesetzt, der ihr dann ins Gesicht gehüpft ist. So war's bei Ihnen auch, nur dass Leichen natürlich etwas anderes sind als Frösche.»

Basil stöhnte von neuem. «Am Morgen war ich wieder nüchtern, und mir ist klar geworden, was ich getan hatte. Da hab ich's mit der Angst gekriegt. Die Polizei kam, ein Chief Constable, auch so ein verdammt hochnäsiger Bursche. Ich hatte Angst vor ihm, und um es nicht zu zeigen, war ich ganz furchtbar unhöflich zu ihm. Und mittendrin kam Dinah.»

Dinah sah aus dem Fenster. «Jetzt kommt auch jemand», sagte sie. «Zwei Männer.»

«Die Polizei wahrscheinlich», meinte Miss Marple.

Basil Blake erhob sich. Plötzlich wirkte er ruhig und entschlossen und lächelte sogar.

«Dann bin ich wohl jetzt dran, was?», sagte er. «Na schön, Dinah, Schatz, verlier jetzt nicht den Kopf. Geh zum alten Sims, unserem Familienanwalt, und zu Mutter und sag ihr, dass wir verheiratet sind. Sie wird dir schon nicht den Kopf abreißen. Und mach dir keine Sorgen, Liebling. Ich war's nicht. Das kommt schon wieder in Ordnung.»

Es klopfte an der Haustür. Basil rief «Herein!», und Inspektor Slack trat in Begleitung eines anderen Mannes ein.

«Mr. Basil Blake?», fragte er.

«Ja.»

«Ich habe hier einen Haftbefehl gegen Sie wegen Verdachts des Mordes an Ruby Keene in der Nacht vom einundzwanzigsten auf den zweiundzwanzigsten September. Ich weise Sie darauf hin, dass alles, was Sie sagen, vor Gericht gegen Sie verwendet werden kann. Folgen Sie mir jetzt bitte. Sie haben jederzeit das Recht, sich mit Ihrem Anwalt in Verbindung zu setzen.»

Basil nickte. Er sah Dinah an, ohne sie zu berühren. «Bis bald, Dinah», sagte er.

Kaltschnäuziger Bursche, dachte Inspektor Slack. Er quittierte Miss Marples Anwesenheit mit einer knappen Verbeugung und einem «Guten Morgen» und dachte bei sich: Aha, die alte Schlaubergerin mischt wieder mit! Gut, dass wir den Kaminvorleger haben. Und den Parkwächter bei den Studios, der uns gesagt hat, dass Blake nicht um zwölf, sondern um elf weg ist. Glaube nicht, dass diese Freunde von ihm einen Meineid leisten wollten. Die waren voll, Blake hat ihnen am nächsten Tag eingebläut, dass er um zwölf gegangen sei, und sie haben's geglaubt. Na, dem haben wir einen Strich durch die Rechnung gemacht! Geistesgestört vermutlich! Klapsmühle statt Galgen. Erst wird er die kleine Reeves erwürgt und in den Steinbruch geschafft haben, dann ist er zu Fuß nach Danemouth zurück, hat seinen eigenen Wagen aus einer Seitenstraße geholt, ist zu dieser Gesellschaft und später noch mal nach Danemouth, hat Ruby Keene nach Hause mitgenommen, hat sie erwürgt und in Bantrys Bibliothek geschafft. Dann hat er's wegen dem Auto im Steinbruch mit der Angst zu tun gekriegt, ist hin, hat es in Brand gesteckt und ist wieder hierher. Ein Irrer – Sex und Blutdurst. War wohl in einer manischen Phase oder wie sich das nennt. Die Kleine hier hat Glück gehabt, dass sie noch mal davongekommen ist.

Wieder allein mit Miss Marple, sagte Dinah Blake: «Ich weiß zwar nicht, wer Sie sind, aber merken Sie sich eins: Basil war's nicht.»

«Das weiß ich. Und ich weiß auch, wer es war. Aber es wird nicht einfach zu beweisen sein. Vielleicht könnte uns etwas helfen, was Sie eben gesagt haben. Das hat mich auf eine Idee gebracht – auf die Verknüpfung, nach der ich die ganze Zeit gesucht habe. Was war's noch gleich?»

Sechzehntes Kapitel

I

«Ich bin wieder da, Arthur!», rief Mrs. Bantry, als handelte es sich um eine königliche Proklamation, und öffnete mit Schwung die Tür zum Arbeitszimmer ihres Mannes.

Colonel Bantry sprang auf, küsste seine Frau und sagte voller Wärme: «Na wunderbar!»

Die Worte waren unanfechtbar, die Geste gut gelungen, doch eine liebevolle, langjährige Ehefrau wie Mrs. Bantry ließ sich nicht täuschen. «Was ist los?», fragte sie sofort.

«Nichts, nichts, Dolly, was soll denn los sein?»

«Ach, ich weiß auch nicht», sagte Mrs. Bantry vage. «Das ist alles so seltsam, findest du nicht?»

Sie warf ihren Mantel ab, während sie sprach, und Colonel Bantry hob ihn sorgsam auf und legte ihn über die Sofalehne.

Alles schien wie gewohnt und war doch irgendwie fremd. Es kam Mrs. Bantry vor, als sei ihr Mann geschrumpft. Er wirkte dünner, gebeugter. Tränensäcke hingen unter seinen Augen, und die Augen selbst wichen ihrem Blick aus.

«Und – war's schön in Danemouth?», fragte er, noch immer betont munter.

«Herrlich! Du hättest mitkommen sollen, Arthur.»

«Konnte nicht weg, meine Liebe. Hatte zu viel zu tun.»

«Trotzdem, ein Tapetenwechsel hätte dir gut getan. Und die Jeffersons magst du doch auch.»

«Ja, doch, netter Mann. Armer Kerl. Traurige Geschichte.»

«Was hast du denn in der Zwischenzeit gemacht?»

«Ach, nicht viel. War auf dem Gut draußen. Hab Anderson ein neues Dach zugesagt – das alte ist nicht mehr zu flicken.»

«Und wie war's bei der Sitzung des Grafschaftsrats?»

«Ach, äh, da war ich gar nicht.»

«Nicht? Aber du solltest doch den Vorsitz führen!»

«Ja, also, da gab es wohl ein Missverständnis. Wurde gefragt, ob ich was dagegen habe, wenn Thompson den Vorsitz übernimmt.»

«Aha.»

Sie streifte einen Handschuh ab und warf ihn mit Bedacht in den Papierkorb. Ihr Mann wollte ihn wieder herausholen, doch sie hielt ihn zurück und sagte scharf: «Lass nur. Ich kann Handschuhe nicht ausstehen.»

Colonel Bantry sah sie unbehaglich an.

«Warst du am Donnerstag zum Dinner bei den Duffys?», fragte sie streng.

«Ach, das! Das ist verschoben worden. Die Köchin war krank.»

«Wie dumm. Und warst du gestern bei den Naylors?»

«Ich hab sie angerufen und gesagt, ich fühl mich nicht ganz wohl und sie möchten mich entschuldigen. Sie waren ganz verständnisvoll.»

«Tatsächlich?», fragte Mrs. Bantry grimmig.

Sie setzte sich an den Schreibtisch, griff ganz in Gedanken nach einer Gartenschere und schnitt der Reihe nach die Finger ihres zweiten Handschuhs ab.

«Was machst du denn da, Dolly?»

«Meine Wut abreagieren!» Sie stand auf. «Wo wollen wir nach dem Abendessen sitzen, Arthur? In der Bibliothek?»

«Ach, äh, lieber nicht, oder? Ist doch sehr nett hier – oder im Wohnzimmer.»

«Ich würde sagen, wir setzen uns in die Bibliothek.»

Ihr ruhiger Blick begegnete seinem. Colonel Bantry richtete sich zu seiner vollen Größe auf. Ein Funke blitzte in seinen Augen auf.

«Du hast Recht, meine Liebe. Wir setzen uns in die Bibliothek!»

II

Mrs. Bantry legte mit einem ärgerlichen Seufzer den Hörer auf. Zweimal hatte sie angerufen, und beide Male war die Antwort dieselbe gewesen: Miss Marple sei nicht da.

Von Natur aus ungeduldig, gab sich Mrs. Bantry nicht so schnell geschlagen. In rascher Folge rief sie den Pfarrer, Mrs. Price Ridley, Miss Hartnell, Miss Wetherby und – als letzte Hoffnung – den Fischhändler an, der dank seiner günstigen geografischen Lage stets wusste, wo sich die Dorfbewohner aufhielten.

Es tue ihm Leid, sagte er, aber er habe Miss Marple heute Vormittag noch gar nicht gesehen. Sie habe nicht ihren üblichen Rundgang gemacht.

«Wo kann die Frau nur sein?», fragte Mrs. Bantry laut und unwillig.

Ein ehrerbietiges Hüsteln ertönte hinter ihr, und der diskrete Lorrimer murmelte: «Sie suchen Miss Marple, Madam? Sie kommt soeben auf das Haus zu.»

Mrs. Bantry eilte zur Haustür, riss sie auf und begrüßte Miss Marple atemlos. «Ich hab dich überall gesucht! Wo warst du denn?» Sie sah über die Schulter zurück. Lorrimer hatte sich diskret zurückgezogen. «Das ist alles so schrecklich! Die Leute fangen an, Arthur zu schneiden. Er wirkt um Jahre gealtert. Wir *müssen* etwas tun, Jane! *Du* musst was tun!»

«Mach dir mal keine Sorgen», sagte Miss Marple in merkwürdigem Tonfall.

Colonel Bantry erschien in der Tür des Arbeitszimmers. «Ah, Miss Marple», sagte er, «guten Morgen. Gut, dass Sie kommen. Mein Frau hat wie verrückt nach Ihnen herumtelefoniert.»

«Ich dachte, ich sage es euch besser selbst.» Miss Marple folgte Mrs. Bantry ins Arbeitszimmer.

«Was denn?»

«Basil Blake ist gerade wegen Mordes an Ruby Keene verhaftet worden.»

«Basil Blake?», rief der Colonel.

«Aber er war's nicht», sagte Miss Marple.

Colonel Bantry nahm diese Äußerung nicht zur Kenntnis. Es war fraglich, ob er sie überhaupt gehört hatte.

«Wollen Sie damit sagen, er hat das Mädchen erwürgt und sie dann hierher geschafft und in *meine* Bibliothek gelegt?»

«Er hat sie zwar in Ihre Bibliothek gelegt, aber er hat sie nicht umgebracht.»

«Unsinn! Wenn er sie in meine Bibliothek gelegt hat, dann hat er sie auch umgebracht! Das eine hängt doch mit dem anderen zusammen.»

«Nicht unbedingt. Er hat sie tot in seinem Haus gefunden.»

«Das kann er seiner Großmutter erzählen!», sagte der Colonel höhnisch. «Wer eine Leiche findet, der ruft die Polizei – wenn er ein Ehrenmann ist, jedenfalls.»

«Na», sagte Miss Marple, «wir haben nun mal nicht alle Nerven wie Drahtseile, so wie Sie, Colonel Bantry. Sie sind eben ein Mann vom alten Schlag. Die jüngere Generation ist anders.»

«Kein Stehvermögen» – ein wohl bekannter Ausspruch des Colonels.

«Aber manche», sagte Miss Marple, «haben viel durchgemacht. Ich habe einiges über Basil Blake erfahren. Er war beim Luftschutz, als er erst achtzehn war. Hat vier Kinder aus einem brennenden Haus gerettet, eines nach dem anderen. Ist noch ein fünftes Mal hinein, wegen eines Hundes, obwohl man ihn gewarnt hat. Das Haus ist über ihm eingestürzt. Man konnte ihn herausholen, aber sein Brustkorb war zerschmettert. Er musste fast ein Jahr in Gips liegen und war danach noch lange krank. Da fing er an, sich fürs Entwerfen und Konstruieren zu interessieren.»

«Ach!» Der Colonel hustete und putzte sich die Nase. «Ich, äh – das wusste ich ja gar nicht.»

«Er redet nicht darüber.»

«Hm – sehr gut. Richtige Einstellung. Steckt wohl mehr in dem Burschen, als ich dachte. Dachte immer, er hätte sich vorm Krieg gedrückt. Zeigt, dass man keine voreiligen Schlüsse ziehen sollte.» Colonel Bantry schien beschämt.

«Aber trotzdem» – seine Empörung flammte wieder auf – «wieso wollte er ausgerechnet mir einen Mord anhängen?»

«So hat er das wohl nicht gesehen», sagte Miss Marple. «Für ihn war es eher ein – ein Scherz. Er stand zu diesem Zeitpunkt stark unter Alkoholeinfluss, wissen Sie.»

«Hatte einen in der Krone, wie?» Colonel Bantry hegte die Sympathie des Engländers für alkoholische Exzesse. «Tja, man kann einen Mann nicht danach beurteilen, was er tut, wenn er betrunken ist. In Cambridge hab ich mal einen gewissen Gegenstand – na ja, tut nichts zur Sache. Gab einen Riesenkrach deswegen.»

Er lachte in sich hinein, nahm sich aber sofort wieder zusammen und musterte Miss Marple scharf. «*Sie* glauben nicht, dass er den Mord begangen hat, wie?»

«Ich bin mir sicher, dass er's nicht war.»

«Aber Sie glauben zu wissen, wer es war?»

Miss Marple nickte.

«Ist sie nicht großartig?», rief Mrs. Bantry nach Art eines verzückten griechischen Chors der gleichgültigen Welt zu.

«Und wer?»

«Ich wollte Sie um Hilfe bitten», sagte Miss Marple. «Ich denke, wenn wir zum Einwohneramt gehen, können wir uns ein sehr viel besseres Bild machen.»

Siebzehntes Kapitel

I

Sir Henry machte ein sehr ernstes Gesicht. «Das gefällt mir nicht», sagte er.

«Ich bin mir dessen bewusst», sagte Miss Marple, «dass Sie es nicht gerade orthodox nennen würden. Aber es ist außerordentlich wichtig, nicht wahr, ganz sicherzugehen – ‹doch mach ich doppelt sicher Sicherheit›, wie Shakespeare sagt. Wenn Mr. Jefferson also einverstanden wäre...»

«Was ist mit Harper? Sollte er nicht eingeweiht werden?»

«Es könnte unangenehm für ihn werden, zu viel zu wissen. Aber Sie können ihm ja einen Wink geben – dass er bestimmte Personen beobachten lassen, ihnen auf den Fersen bleiben sollte, verstehen Sie?»

«Ja, damit wäre der Sache gedient...», sagte Sir Henry nachdenklich.

II

Superintendent Harper sah Sir Henry Clithering durchdringend an. «Um Missverständnisse auszuschließen, Sir: Sie möchten mir einen Wink geben?»

«Ich teile Ihnen mit, was mein Freund mir soeben mitgeteilt hat; er hat es mir nicht im Vertrauen gesagt. Er beabsichtigt, morgen einen Anwalt in Danemouth aufzusuchen, um ein neues Testament aufzusetzen.»

Harpers buschige Brauen senkten sich tief über die ruhigen Augen. «Hat Mr. Jefferson vor, seinen Schwiegersohn und seine Schwiegertochter davon zu unterrichten?»

«Ja, heute Abend.»

«Aha.» Der Superintendent trommelte mit einem Federhalter auf den Tisch. «Aha», wiederholte er. Wieder sah er den anderen scharf an und sagte: «Sie geben sich also nicht mit der Anklage gegen Basil Blake zufrieden?»

«Sie etwa?»

Des Superintendents Schnurrbart zitterte. «Und Miss Marple?», fragte er.

Die beiden Männer blickten einander an. Dann sagte Harper: «Sie können sich auf mich verlassen. Ich werde Leute abstellen. Alles wird vorschriftsmäßig ablaufen, das verspreche ich Ihnen.»

«Da wäre noch etwas», sagte Sir Henry. «Sehen Sie sich das an.» Er entfaltete einen Zettel und schob ihn über den Tisch.

Diesmal verließ den Superintendent die gewohnte Ruhe. Er stieß einen Pfiff aus. «So ist das also? Das rückt die Sache in ein ganz anderes Licht. Wo haben Sie das her?»

«Frauen», erwiderte Sir Henry, «werden nie aufhören, sich für alles zu interessieren, was mit dem Heiraten zusammenhängt.»

«Vor allem allein stehende ältere Frauen», sagte Superintendent Harper.

III

Conway Jefferson blickte auf, als sein Freund eintrat.

Sein grimmiges Gesicht entspannte sich zu einem Lächeln. «Ich hab's ihnen gesagt. Sie haben es sehr gut aufgenommen», berichtete er.

«Und *was* hast du gesagt?»

«Dass ich finde, ich sollte die fünfzigtausend Pfund, die ich Ruby zugedacht hatte, jetzt, da sie tot ist, für einen Zweck stiften, den ich mit der Erinnerung an sie verbinden kann – ein

Wohnheim für junge Berufstänzerinnen in London. Blödsinnige Idee – erstaunlich, dass sie's geschluckt haben. Als ob ich so etwas je tun würde!

Weißt du, ich war ein Narr, was dieses Mädchen anbelangt», fuhr er nachdenklich fort. «Werde wohl langsam senil. Jetzt ist mir das klar. Sie war ein hübsches Kind, aber was ich in ihr gesehen habe, das habe ich größtenteils selbst in sie hineingelegt. Sie war wie eine zweite Rosamund für mich. Die gleichen Farben, verstehst du? Aber nicht das gleiche Herz, nicht der gleiche Kopf. Gib mir mal die Zeitung da – da steht ein hochinteressantes Bridgeproblem drin.»

IV

Sir Henry ging in die Halle hinunter und wandte sich mit einer Frage an den Portier.

«Mr. Gaskell, Sir? Er ist soeben mit dem Wagen weggefahren. Musste nach London.»

«Ah. Und Mrs. Jefferson? Ist sie irgendwo in der Nähe?»

«Mrs. Jefferson hat sich soeben auf ihr Zimmer zurückgezogen, Sir.»

Sir Henry warf einen Blick in den Gesellschaftsraum und in den Ballsaal. Im Gesellschaftsraum brütete Hugo McLean über einem Kreuzworträtsel, im Ballsaal lächelte Josie tapfer einem dicken, schwitzenden Mann zu, während ihre Füße geschickt seinem zerstörerischen Tritt auszuweichen suchten. Der dicke Mann genoss den Tanz sichtlich. Raymond tanzte elegant und lustlos mit einem anämisch wirkenden Mädchen mit Polypen, glanzlosem braunem Haar und einem teuren, überaus unvorteilhaften Kleid.

«Dann also zu Bett», murmelte Sir Henry vor sich hin und ging hinauf.

V

Es war drei Uhr. Der Wind hatte sich gelegt, und über dem ruhigen Meer schien der Mond.

Conway Jefferson lag gegen die Kissen gelehnt im Bett, und außer seinen tiefen Atemzügen war im Zimmer kein Laut zu hören.

Kein Windhauch konnte die Vorhänge bewegen, und doch bewegten sie sich ... Sie teilten sich einen Moment, und eine Silhouette zeichnete sich im Mondlicht ab. Dann schlossen sie sich wieder. Alles war still, doch jetzt war noch jemand im Zimmer.

Näher und näher schlich sich der Eindringling ans Bett. Die Atemzüge auf dem Kissen gingen gleichmäßig weiter.

Kein Geräusch war zu hören, oder kaum ein Geräusch. Ein Zeigefinger und ein Daumen senkten sich auf eine Hautfalte herab, die andere Hand hielt die Spritze bereit.

Plötzlich kam eine Hand aus dem Dunkel und schloss sich um die Hand mit der Spritze. Ein Arm legte sich eisern um die Gestalt, und eine nüchterne Stimme, die Stimme des Gesetzes, sagte: «Halt! Her mit der Spritze!»

Licht flammte auf, und aus den Kissen blickte Conway Jefferson grimmig in das Gesicht des Mörders von Ruby Keene.

Achtzehntes Kapitel

I

Sir Henry Clithering sagte: «Um mit Watson zu sprechen: Ich würde gern Ihre Methoden kennen lernen, Miss Marple.»

Superintendent Harper sagte: «Und ich wüsste gern, wie Sie darauf gekommen sind.»

Colonel Melchett sagte: «Haben Sie's wieder mal geschafft! Sie müssen uns alles erzählen, von Anfang an.»

Miss Marple strich die braunrote Seide ihres besten Abendkleides glatt. Sie lächelte errötend und schien sich sehr unbehaglich zu fühlen.

«Sie werden meine ‹Methoden›, wie Sir Henry sie nennt, schrecklich dilettantisch finden, fürchte ich. Sehen Sie, es ist doch so, dass die meisten Leute – und Polizisten machen da keine Ausnahme – viel zu vertrauensvoll für diese schlechte Welt sind. Sie glauben einfach, was man ihnen sagt. Ich nicht. Ich möchte es immer erst nachprüfen.»

«Der wissenschaftliche Ansatz», sagte Sir Henry.

«In unserem Fall», fuhr Miss Marple fort, «hat man gewisse Dinge von vornherein als gegeben hingenommen, statt sich strikt an die Fakten zu halten. Und die Fakten waren für mich, dass das Opfer sehr jung war, dass es Nägel gekaut hat und dass es etwas vorstehende Zähne hatte, wie viele junge Mädchen, wenn das Gebiss nicht beizeiten korrigiert wird – aber Kinder sind da sehr unartig und nehmen ihre Zahnspangen heraus, wenn die Erwachsenen nicht in der Nähe sind.

Aber ich schweife ab. Wo war ich stehen geblieben? Ach, ja.

Ich habe mir also das tote Mädchen angesehen, voller Bedauern, denn es ist immer traurig, wenn ein so junges Leben ausgelöscht wird. Wer das getan hatte, musste ein sehr böser Mensch sein. Dass sie in Colonel Bantrys Bibliothek gefunden wurde, war verwirrend, viel zu romanhaft, um wahr zu sein. Das ergab ein ganz falsches Bild. Aber so war es ja auch nicht gedacht gewesen, daher unsere Verwirrung. Ursprünglich sollte die Leiche dem armen Basil Blake untergeschoben werden, zu dem das Mädchen auch viel besser gepasst hätte. Dass der sie dann in Colonel Bantrys Bibliothek brachte, hat alles Weitere stark verzögert und muss dem wahren Mörder äußerst unangenehm gewesen sein.

Ursprünglich hätte also Mr. Blake als Erster verdächtigt werden müssen. Man hätte in Danemouth nachgeforscht und herausgefunden, dass er Ruby kannte und auch noch zu einem anderen Mädchen Kontakt aufgenommen hatte. Man wäre davon ausgegangen, dass Ruby ihn erpressen wollte oder dergleichen und dass er sie in einem Wutanfall erwürgt hatte. Ein ganz normales, erbärmliches Halbweltverbrechen, wie ich es nenne!

Aber es kam alles anders, und so hat sich das Interesse viel zu früh auf die Jeffersons konzentriert – zum großen Ärger einer gewissen Person.

Ich bin, wie gesagt, ein misstrauischer Mensch. Mein Neffe Raymond meint (im Scherz natürlich und ganz liebevoll), ich hätte wie die meisten Viktorianer eine abgrundtief schlechte Phantasie. Ich kann dazu nur sagen: Wir Viktorianer kennen die menschliche Natur eben recht gut.

Da also eine schlechte Phantasie auch ihr Gutes hat, habe ich mir als Erstes den finanziellen Aspekt der Sache angesehen. Zwei Menschen konnten vom Tod des Mädchens profitieren, so viel stand fest. Fünfzigtausend Pfund sind eine Menge Geld, besonders wenn man wie die beiden in finanziellen Schwierigkeiten steckt. Aber es waren nette, angenehme Leute, denen man so etwas nie zugetraut hätte. Nur – man weiß nie, nicht wahr?

Mrs. Jefferson zum Beispiel – jeder mochte sie. Doch diesen Sommer war eine große Unruhe in ihr aufgekommen. Sie hatte das Leben, das sie führte, die völlige Abhängigkeit von ihrem Schwiegervater satt. Von seinem Arzt wusste sie aber, dass er nicht mehr lange zu leben hat, und so war sie, herzlos gesagt, ganz beruhigt – oder sie wäre es gewesen, wenn Ruby Keene nicht auf der Bildfläche erschienen wäre. Mrs. Jefferson hätte alles für ihren Sohn getan – manche Frauen haben ja die kuriose Vorstellung, dass ein Verbrechen, das man seinen Kindern zuliebe begeht, geradezu moralisch gerechtfertigt ist. Einer ähnlichen Haltung bin ich auf dem Dorf schon mehrmals begegnet. ‹Sie hat's doch für Daisy getan, Miss›, heißt es dann, als würde fragwürdiges Verhalten dadurch weniger fragwürdig. Sehr laxe Moral.

Mr. Gaskell bot natürlich weit mehr Angriffsfläche. Er war ein Spieler und hatte meiner Einschätzung nach keine allzu strengen moralischen Grundsätze. Aber aus bestimmten Gründen war ich der Überzeugung, dass eine Frau bei dem Verbrechen die Hand im Spiel hatte.

Im Hinblick auf das Motiv hatte der finanzielle Aspekt einiges für sich. Dummerweise hatten sowohl Mr. Gaskell als auch Mrs. Jefferson ein Alibi für den Zeitpunkt, zu dem Ruby Keene laut ärztlichem Befund getötet worden war. Doch dann wurde der ausgebrannte Wagen mit Pamela Reeves' Leiche entdeckt. Damit war alles klar. Die Alibis waren wertlos.

Ich hatte jetzt zwei Hälften, beide recht überzeugend, aber sie passten nicht zusammen. Irgendeine Verknüpfung musste es geben, aber ich fand sie nicht. Die einzige Person, von der ich wusste, dass sie in das Verbrechen verwickelt war, hatte kein Motiv.

Es war dumm von mir», sagte Miss Marple nachdenklich, «aber ohne Dinah Lee wäre ich einfach nicht darauf gekommen, dabei war es das Naheliegendste der Welt. Das Einwohneramt! Die Ehe! Es ging nicht nur um Mr. Gaskell und Mrs. Jefferson – es gab noch andere Möglichkeiten. Wenn einer der beiden verheiratet war oder auch nur vorgehabt hatte zu heiraten, dann war die andere Partei des Ehevertrages ebenfalls betroffen. Raymond zum Beispiel hatte sich möglicherweise gute Chancen auf eine Heirat mit einer reichen Frau ausgerechnet. Er war sehr aufmerksam Mrs. Jefferson gegenüber, und vermutlich war es sein Charme, der sie aus dem langen Dornröschenschlaf ihrer Witwenschaft geweckt hat. Bis dahin war sie gar nicht ungern Mr. Jeffersons Tochter gewesen – wie bei Ruth und Noomi, nur dass Noomi, wie Sie sich vielleicht erinnern, einiges auf sich genommen hat, um eine standesgemäße Heirat für Ruth zu arrangieren.

Außer Raymond gab es da noch Mr. McLean. Mrs. Jefferson mochte ihn sehr, und es sah ganz danach aus, als würde sie ihn eines Tages heiraten. Er war nicht vermögend und hat sich in der fraglichen Nacht nicht weit von Danemouth entfernt aufgehalten. Eigentlich hätte es also jeder sein können, nicht wahr? Aber im Grunde wusste ich ja Bescheid. An den abgekauten Fingernägeln führte einfach kein Weg vorbei.»

«Abgekaut?», warf Sir Henry ein. «Hatte sie sich nicht einen Nagel eingerissen und die anderen dann kurz geschnitten?»

«Unsinn», sagte Miss Marple. «Abgekaute Nägel sehen ganz anders aus als kurz geschnittene! Wer nur das mindeste von Mädchenfingernägeln weiß, der sieht den Unterschied sofort. Sehr hässlich, solche abgekauten Nägel, wie ich den Mädchen in meiner Klasse immer sage. Die Nägel waren also ein Faktum. Und sie konnten nur eines bedeuten: *Die Leiche in Colonel Bantrys Bibliothek war gar nicht Ruby Keene.*

Und das führt uns geradewegs zu der einzigen Person, die letzten Endes in Frage kam: Josie! Josie hat die Leiche identifiziert. Sie wusste – sie *muss* gewusst haben –, dass es nicht Ruby Keene war. Aber sie hat gesagt, es sei Ruby. Sie war verblüfft, völlig verblüfft, die Tote an diesem Ort zu sehen. Damit hat sie sich praktisch verraten. Warum? Weil niemand besser wusste als sie, wo die Leiche eigentlich hätte sein müssen! In Basil Blakes Haus. Wer hat denn unsere Aufmerksamkeit auf Basil Blake gelenkt? Josie, als sie zu Raymond sagte, dass Ruby mit diesem Filmmenschen unterwegs sein könnte. Vorher hatte sie eine Fotografie von ihm in Rubys Handtasche geschmuggelt. Wer war denn so wütend auf das tote Mädchen, dass sie es nicht einmal angesichts der Leiche verbergen konnte? Josie! Josie war schlau, praktisch veranlagt, knallhart und nur aufs Geld aus.

Das habe ich gemeint, als ich vorhin von Leichtgläubigkeit gesprochen habe. Niemand kam auf die Idee, Josies Aussage, die Tote sei Ruby Keene, anzuzweifeln, einfach deshalb nicht, weil sie zu diesem Zeitpunkt gar kein Motiv für eine Lüge zu haben schien. Das Motiv war von Anfang an das Problem. Josie war offenkundig in den Fall verwickelt, aber Rubys Tod schien ihren Interessen eher zuwiderzulaufen. Erst als Dinah Lee das Einwohneramt erwähnte, hatte ich die Verknüpfung gefunden. Die Ehe! Wenn Josie und Mr. Gaskell verheiratet waren, dann war alles klar. Wie wir jetzt wissen, sind sie es seit einem Jahr, aber sie wollten es bis nach Mr. Jeffersons Tod geheim halten.

Es war wirklich sehr interessant, den ganzen Hergang zu rekonstruieren, genau zu sehen, wie der Plan ausgetüftelt worden war. Kompliziert und doch einfach. Als Erstes haben sie sich an Pamela Reeves herangemacht und ihr etwas von Probeaufnahmen für einen Film vorgegaukelt – da konnte das arme Mädchen natürlich nicht widerstehen. Nicht wenn es so überzeugend vorgebracht wurde, wie Mark Gaskell es tat. Er erwartet sie am Hotel, führt sie durch einen Seiteneingang hinein und stellt ihr Josie vor – als Maskenbildnerin! Das arme Kind – mir wird ganz schlecht, wenn ich dran denke! In ihrem Badezimmer färbt Josie ihr das Haar blond, schminkt sie, lackiert ihr Finger- und Zehennägel und lässt sie eines von Rubys alten Kleidern anziehen. Währenddessen geben sie ihr ein Betäubungsmittel, in einem Eisbecher wahrscheinlich. Sie verliert das Bewusstsein. Vermutlich haben sie sie in eines der leeren Zimmer auf der anderen Seite des Flurs gebracht – Sie erinnern sich, dass dort nur einmal in der Woche sauber gemacht wird.

Nach dem Abendessen ist Mark Gaskell im Auto weggefahren, angeblich zur Strandpromenade. In Wirklichkeit hat er Pamela in Basil Blakes Haus geschafft und auf den Kaminvorleger gelegt. Sie war bewusstlos, aber noch nicht tot, als er sie mit dem Gürtel des Kleides ... Sehr unschön, wirklich, aber ich hoffe und bete, dass sie nichts mehr davon gemerkt hat. Der Gedanke, dass er gehängt wird, tut mir geradezu wohl ... Das muss kurz nach zehn gewesen sein. Er ist dann mit Vollgas zurückgefahren und hat sich zu den anderen in den Gesellschaftsraum gesetzt, wo Ruby Keene gerade ihren Auftritt mit Raymond hatte.

Ich könnte mir vorstellen, dass Josie ihrer Kusine vorher bestimmte Anweisungen gegeben hatte. Ruby war es gewohnt zu tun, was Josie sagt. Sie sollte sich umziehen, in Josies Zimmer gehen und dort auf sie warten. Auch ihr hatten sie ein Betäubungsmittel verabreicht, wahrscheinlich mit dem Kaffee nach dem Essen. Wie wir wissen, hat Ruby im Gespräch mit dem jungen Bartlett gegähnt.

Später ist Josie mit Raymond hinaufgegangen, ‹um nach ihr zu sehen›, aber ihr eigenes Zimmer hat nur sie selbst betreten. Wahrscheinlich hat sie Ruby da den Rest gegeben, mit einer Injektion vielleicht oder einem Schlag auf den Hinterkopf. Sie ist wieder hinunter, hat mit Raymond getanzt, hat mit den Jeffersons zusammen überlegt, wo Ruby sein könnte, und ist schließlich zu Bett gegangen. Gegen Morgen hat sie der Leiche Pamelas Kleider angezogen und sie über die Seitentreppe hinuntergeschafft – sie ist ja eine recht kräftige Person. Sie hat George Bartletts Auto genommen, ist zum Steinbruch gefahren und hat den Wagen mit Benzin übergossen und angezündet. Dann ist sie zu Fuß zurück, vermutlich so, dass sie um acht oder neun wieder im Hotel war – früh auf den Beinen vor lauter Sorge um Ruby!»

«Sehr kompliziert, das Ganze», sagte Colonel Melchett.

«Nicht komplizierter als so mancher Tanzschritt», entgegnete Miss Marple.

«Stimmt auch wieder.»

«Sie hat an alles gedacht», sagte Miss Marple. «Sogar an die kurzen Fingernägel. Sie hat es so eingerichtet, dass Ruby sich an ihrem Tuch einen Nagel einriss, und konnte dann behaupten, Ruby hätte sich die Nägel kurz geschnitten.»

«Sie hat tatsächlich an alles gedacht», sagte Harper. «Und der einzige wirkliche Beweis, den Sie hatten, Miss Marple, waren die abgekauten Nägel eines Schulmädchens.»

«Nicht nur», erwiderte Miss Marple. «Die Menschen reden einfach zu viel. Mark Gaskell zum Beispiel. Rubys Zähne hätten nach innen gestanden, hat er gesagt, aber das tote Mädchen in Colonel Bantrys Bibliothek hatte vorstehende Zähne.»

«Und dieses letzte dramatische Finale – war das Ihre Idee, Miss Marple?»

«Ja, äh, doch, ja», gestand Miss Marple. «Es ist so angenehm, wenn man Gewissheit hat, finden Sie nicht?»

«Gewissheit – das ist das richtige Wort», sagte Conway Jefferson grimmig.

«Sehen Sie, Mr. Jefferson», fuhr Miss Marple fort, «als Mark und Josie hörten, dass Sie ein neues Testament aufsetzen wollten, mussten sie handeln. Zwei Morde hatten sie bereits begangen, um an Geld zu kommen, da kam es auf einen dritten auch nicht mehr an. Auf Mark durfte natürlich nicht der leiseste Verdacht fallen, deshalb fuhr er nach London und ging mit Freunden essen und später in einen Nachtclub, um ein Alibi zu haben. Die Arbeit musste Josie machen. Rubys Tod wollten sie nach wie vor Basil Blake in die Schuhe schieben, also musste Mr. Jefferson an Herzversagen sterben. In der Spritze war Digitalis, sagt der Superintendent. Jedem Arzt wäre ein Herzstillstand unter den gegebenen Umständen ganz normal erschienen. Josie hatte eine der Steinkugeln auf dem Balkon gelockert, die sie später hinunterwerfen wollte. Man hätte Mr. Jeffersons Tod dann auf den Schreck durch den Lärm zurückgeführt.»

«So ein raffiniertes Biest!», ließ Melchett sich vernehmen.

«Der dritte Mord, von dem Sie gesprochen hatten, wäre dann also der an Conway Jefferson gewesen?», fragte Sir Henry.

Miss Marple schüttelte den Kopf. «O nein – ich meinte Basil Blake. Die beiden hätten ihn an den Galgen gebracht, wenn sie gekonnt hätten.»

«Oder ins Irrenhaus», sagte Sir Henry.

Conway Jefferson seufzte. «Ich habe immer gewusst, dass Rosamund einen Halunken geheiratet hat. Hab's nicht wahrhaben wollen. Hat ihn verdammt gern gehabt. Einen Mörder! Nun ja, er wird hängen, und die Frau auch. Bin froh, dass er zusammengebrochen ist und alles gestanden hat.»

«Die Starke war immer Josie», sagte Miss Marple. «Es war von A bis Z *ihr* Plan. Das Ironische daran ist, dass sie Ruby selbst hierher geholt und nicht im Traum damit gerechnet hat, dass ihre Kusine Mr. Jefferson so gefallen und ihr selbst alle Chancen verbauen würde.»

«Armes Mädchen. Arme kleine Ruby...», sagte Jefferson.

Adelaide Jefferson und Hugo McLean kamen herein. Adelaide war heute Abend fast schön zu nennen. Sie trat zu Conway Jefferson und legte ihm die Hand auf die Schulter. Ein wenig stockend sagte sie: «Ich muss dir etwas sagen, Jeff. Jetzt gleich. Ich werde Hugo heiraten.»

Jefferson sah kurz zu ihr auf. «Wurde auch allmählich Zeit, dass du wieder heiratest», sagte er barsch. «Gratuliere euch beiden. Übrigens, Addie, ich setze morgen ein neues Testament auf.»

Sie nickte. «Ja, ich weiß.»

«Nein, du weißt nichts. Ich setze dir zehntausend Pfund aus. Alles Übrige geht bei meinem Tod an Peter. Wie gefällt dir das, mein Mädchen?»

«O Jeff!» Die Stimme versagte ihr. «Du bist wunderbar!»

«Peter ist ein so netter Junge. Ich möchte gern noch viel mit ihm zusammen sein – in der Zeit, die mir noch bleibt.»

«Aber ja, natürlich!»

«Hat ein großartiges Gespür für Verbrechen, der Junge», sagte Conway Jefferson nachdenklich. «Er hat nicht nur den Fingernagel der Ermordeten aufbewahrt – von einer der Ermordeten zumindest –, sondern auch noch ein Fitzelchen von Josies Tuch erwischt. So hat er auch ein Andenken an die Mörderin. Das freut ihn riesig!»

II

Hugo und Adelaide gingen an der Tür zum Ballsaal vorüber. Raymond trat zu ihnen.

«Ich muss Ihnen etwas erzählen», sagte Adelaide schnell. «Wir heiraten.»

Raymonds Lächeln war untadelig – ein tapferes, wehmütiges Lächeln. «Ich hoffe, Sie werden sehr, sehr glücklich...», sagte er und sah ihr, ohne Hugo zu beachten, tief in die Augen.

Sie gingen weiter, und Raymond blickte ihnen nach. «Nette Frau», sagte er zu sich selbst. «Sehr nette Frau. Und Geld hätte sie auch gehabt. Und ich hab mir noch extra das mit den Starrs aus Devonshire eingeprägt ... Tja, das Glück hat mich wohl verlassen. Schöner Gigolo, armer Gigolo!»

Und er ging in den Ballsaal zurück.

Über dieses Buch

The Body in the Library erschien im Mai 1942 bei Collins in London. Da auch Agatha Christies Kriminalromane während der Hitler-Diktatur strikt verboten waren, sollte der Roman erst nach dem Krieg in Deutschland auf den Markt kommen. Der Scherz Verlag veröffentlichte die deutsche Fassung 1951 unter dem Titel «Die Tote in der Bibliothek».

Trotz der Kriegswirren war es für Agatha Christie eine äußerst produktive Periode. In ihrer Autobiographie schreibt sie darüber: «Ich hatte beschlossen, zwei Bücher gleichzeitig zu schreiben, denn eine der Schwierigkeiten, mit denen der Schreiber eines Buches zu kämpfen hat, besteht darin, dass es einem langweilig wird. Dann muss man es weglegen und etwas anderes tun – aber ich hatte nichts anderes zu tun…» Einem Reporter vertraute sie 1956 an, dass sie den Beginn dieses Romans für die beste Eröffnung einer Geschichte hielte, die sie je geschrieben habe. Die internationale Kritik nahm den Roman denn auch sehr positiv auf.

Das Buch trägt die Widmung «Meiner Freundin Nan». Es handelt sich dabei um Nan Watts, später Nan Kon, die jüngere Schwester ihres Schwagers James Watts.

Die BBC produzierte im Jahr 1984 einen Dreiteiler nach gleicher Vorlage mit Joan Hickson als Miss Marple, ihr Debüt in dieser Rolle übrigens. Die eng an der Vorlage orientierte Adaption in zeitgemäßer Ausstattung war auch im deutschen Fernsehen mit großem Erfolg zu sehen.